"岚" 组合 ARASHI

最新档案

台风男子 编著

U0106059

ARASHI

华夏出版社

SK-628

松本润

櫻井翔

相叶雅纪

大野智

二宫和也

ARASHI

目　录

ARASHI
"岚"

第一编

私人档案

松本润访答

问：生日是几月几号？

答：1983 年 8 月 30 日（是"岚"成员当中最年轻的）。

问：出生在哪里？

答：东京都丰岛区。

岚

相叶雅纪 / 松本润 / 二宫和也
樱井翔 / 大野智

问：血型和星座？

答：A 型 Rh－，处女座。

问：家里有几口人？

答：爷爷、父亲、母亲和
　　姐姐。

问：身高、体重？

答：173 公分，45 公斤。

问：鞋的尺码？

答：26.5 公分。

问：视力？

答：右眼 0.2，左眼 0.3。

问：外号是什么？

答：松润。

问：兴趣爱好？

答：看书。

问：擅长什么？

答：棒球，因为我小时候是棒球队队员。

问：优点、长处？

答：坦率、非常细心。

问：短处？

答：有点性急、没常性、神经质。

问：最吸引人的部位？

答：眼睛。

问：喜欢吃什么？

答：面类的东西。

问：喜欢什么颜色？

答：白色、黑色、蓝色。在电视节目"高考"里我
　　选"岚"的绿色。

问：喜欢的饰品？

答：太阳镜。

问：喜欢收藏什么吗？

答：歌曲试录音时的磁带。

问：你的癖好是什么？

答：经常摸摸脸。

问：最近买的东西当中觉得买得最满意的是什么？

答：白色的大包。虽然跟服装没有关系，但我最近买

我们希望看到你们明日的闪亮更耀眼
我们能够看到你们明日的进步会多么惊人

的东京都地图非常有用，买地图还赠送一张介绍东京的 DVD，非常满意。

问：那么最近买的东西当中觉得很失败的是什么？

答：没有！我买的都正确！

问：今年春天想再买的服装和饰品是什么？

答：帽子。最近我经常买运动服装，想配一个好看的帽子。

问：最近穿的服装的主题是什么？

答：每天不一样！由自己的心情来决定每天穿的衣服，有时候穿休闲的衣服，有时候穿比较正式的衣服，每天风格不一样。

问：喜欢什么样的女孩子？或者喜欢穿什么样服装的女孩子？

答：没有什么喜欢的。不知道为什么今年冬天穿羽绒服的女孩子吸引不了我。有可能今年冬天穿羽绒服的女孩子太多了！我觉得这样有点没有个性。

问：平时吃饭的速度快吗？

答：这是我的烦恼！太快了！有时候实在太快了，别人看我吃饭的样子说："你好像一周没吃饭似的！"（苦笑）

问：平时晚上吃什么？请举个例子。

答：我会去"金枪鱼专卖餐厅"大吃一顿金枪鱼晚餐。吃金枪鱼盖浇饭、金枪鱼生鱼片、金枪鱼鱼白的天妇罗等等。

问：对你来说春天的口福是什么？

答：春天的蔬菜。我觉得春天的新鲜蔬菜是最好吃的东西，连竹笋硬的部分也觉得非常美味！真让人感动！

问：谈到你母亲做的菜时，你会想到什么菜？

答：火锅和酱汤。我妈妈做的酱汤天下第一。很棒！酱汤里没有什么特别的配料，也就是一般的海带、木鱼，但汤汁和酱的比例是我家的特色。真的与众不同。

问：你有没有小时候不能吃，但长大以后可以吃的东西？

答：洋葱、青椒、胡萝卜。小时候我非常不喜欢蔬菜，尤其是咕老肉里面的蔬菜，非常讨厌，根本不能接受，但是现在已经没有问题了！

问：你有没有现在还是不能吃的蔬菜？

答：香菜、芹菜、鸭儿芹。

问：你去便利店的时候经常买什么东西？

答：酸奶或者香肠。我买酸奶的时候，按照当时的心情决定买什么口味的，有时候买加水果的酸奶，有时候买原味酸奶。

问：你房间的窗帘是什么颜色？

答：秘密！（笑）

问：你自己会打扫房间吗？

答：当然会！我有个小小的吸尘器，经常用那个东西打扫。我的房间里铺着木地板，地板上有尘土就比较显眼，所以要经常打扫。

问：你在家的时候穿什么样的衣服？

答：穿T恤衫或者背心和运动裤。我不太爱换衣服，所以总是直接穿着T恤衫和运动裤睡觉。

问：你在家的时候经常看电视还是听音乐？你是电视派还是音乐派？

答：我回家后先看电视。睡觉之前听音乐。有时候我看电视看到夜里两点，然后开始听音乐……结果睡不着了。（苦笑）

问：你在家里的时候经常在哪个房间？

答：洗手间！……嘿嘿，开玩笑。这是我的秘密，不告诉你！

问：你早上起床后需要多长时间可以出发？

答：每天不一样，大概四十五分钟到一个小时之间吧。

问：最近让你最感动的事情是什么？

答：这个我不能说出来。因为我每次跟别人说我感动的事情的时候都会引人发笑。（苦笑）这样我比较伤心，所以只放在我的心里就行了。

问：最近你感觉最悲伤的事情是什么？

答：不仅仅是最近，每次碰到自己觉得不对劲的事情或碰到这种人的时候，我就感到悲伤。

问：你有没有上瘾到难以控制的事情？

答：暴饮暴食。最近不知道为什么我控制不了食欲，一直不停地吃……完全吃不饱的样子，吃了以后马上就觉得肚子又饿了。（笑）

问：你有没有想做但是还没开始做的事情？

答：炒股票。对我来说炒股票是一件非常了不起的事情，一旦开始我就会非常投入，无法停下来，想到后果就觉得可怕，所以到现在为止还不敢开始。

问：现在你坚持做的事情是什么？

答：我坚持活着……对这个事情我非常坚持。

问："岚"成员最近跟你说的事情里面，最让你高兴
的是什么？

答：应该是"好久不见！"我已经忘了是谁跟我说的
了。我已经很长时间没有跟"岚"的成员们一
起工作了，偶尔跟他们一起在演播室工作时有人
跟我说了这句话，当时我觉得很高兴。

问：最近"岚"的成员跟你聊天的时候，你感到很
惊讶的事情是什么？

答：想不起来……

问：最近你跟 NO BORDER［即 NB 团。是杰尼斯事
务所部分艺员私底下凑在一起吃吃喝喝的小帮
派，2006 年 8 月出现。成员包括堂本光一（Kin-
Ki Kids）、松本润（岚）、泷泽秀明（泷＆翼）、
山下智久（NEWS）等——译者注］的成员一起
聚会、吃饭或跟他们联系过吗？

答：最近没有什么活动。这个小组是非常随便的。
（笑）如果这个小组里有一个人跟大家联系，大
家就聚在一起吃饭。如果没有人积极地跟其他人

联系的话，大家就不会在一起聚。

问：你有没有恋物癖？

答：我很喜欢背部，就是人的背影。这算不算恋背影癖?!（笑）我跟女孩子一起吃饭的时候也是比较在意这一点，所以我跟她不是面对面坐，而是坐在她的旁边偷偷地从侧面看她的背影。我比较喜欢这样。

问：结婚后你会是大男子主义吗？

答：哦……百分之五十吧。我这个人比较喜欢整整齐齐的，所以我对将来的妻子会说得细致一点。但是我不想在家里时将所有权力都放在我自己手上，我可以把工资都交给妻子，然后她发给我零用钱。（笑）

问：你们如果讲相声，你想做捧哏还是逗哏？

答：我想做捧哏。

问：如果你在"岚"的成员当中选一个做你的女朋友，你选哪位？

答：Nino（二宫）。因为我们在一起不会互相干涉。

问：说起夏天就联想到恐怖故事。你们"岚"成员里谁胆子最小？还请告诉我理由。

答：是我！我在游乐园闹鬼的房子里完全不怕，但是基本上我不太喜欢鬼。我是"岚"里面胆子最小的一个。

问："岚"成员当中你认为谁是最适合夏天的形象大使？

答：是不是我？你觉得呢？我是夏天出生的，而且我不怕热。

问：你有没有自己独特的解除疲劳、缓解压力的办法？

答：跟朋友见面，或者离开城市去郊外。

问：你有没有每天坚持做的事情？

答：什么呢……？（考虑）……是看书吧……

问：最近你的口头禅是什么？

答："……怎么说呢？"我每次开始说话的时候都用这个句子。

问：如果你可以坐时光机去不同的时代，你想去什么年代？想做什么？

答：我想去七十年代末到八十年代的美国，而且想加入嘻皮派（笑）。我认为那个时候的美国虽然没有什么钱，但是非常自由。我很喜欢那个时代的音乐和文化。另外我还想去看看快速发展期间的六十年代的日本，还有那个时代的风景。

问：最近有没有打动你的心的事情？

答：上次有一个十岁的男孩子来看我的演唱会。演唱会结束后我问他："怎么样?"他说："你比哈里·波特帅!!"这件事深深地打动了我！（笑）因为年纪大了的人大概不会有这样的想法。我觉得很新鲜。

问：在"歌笑"（日本电视台一档综艺节目名——译者注）节目上有没有感到自己成长的一面？

答：我以前跟别人说话的时候，会用否定的心态听对方的想法，一直是这样。但是这回我在节目上有机会作主持人，学到了以肯定的心态去听别人的想法，这样节目也进行得很顺利。我也学会了要考虑现场气氛。（笑）

问：听说你很喜欢欺负别人。你有没有关于这方面的小故事讲给我们听听？

答：一次我们为一本杂志拍踢足球的封面，当时，我非常用力踢出的球砸到了相叶君的脸上。他感觉非常难受，而我在跟他道歉之前就已经笑得不行了。那个时候我觉得自己有点不太正常……

问：现在对你来说最能缓解压力的东西是什么？

答：书。什么类型的都可以。小书（指小型平装书——译者注）、照片集、地图什么的都 OK。我的包里每天都放着书，一有时间我就看书。看书的时候我真的感到压力缓解了。

问：最近非常感动的事情是什么？

答：不久前我有机会跟植草（克秀）先生（杰尼斯事务所旗下组合"小年队"成员之一——译者注）交谈。当时他告诉了我很多过去杰尼斯事务所（Johnny's 事务所，1975 年成立，日本著名艺人经纪公司，社长为 Johnny 喜多川。多年来，事务所专注于推出男性艺人及男性偶像团体，旗下艺人及团体无数，包括音乐组合少年队、光 GENJI、SMAP、TOKIO、V6、KinKi Kids、泷 & 翼、NEWS、关 Johnny8、岚、WaT、KAT-TUN 等等。他们经由事务所一手栽培，均能红极一时。由于旗下团体号召力强，杰尼斯事务所在日本艺能界具有相当大的影响力——译者注）的故事，都是我不知道的事情，让我非常感动。

问：最近你有没有感到心酸的事情？

答：我很喜欢听美空云雀（日本著名歌手——译者注）的《双手的温柔》。我去唱卡拉 OK 的时候，有一个朋友为我唱这首歌，他唱得非常好，当时我有点心酸了。

问：房间里有没有自己想扔掉可是觉得可惜不会扔掉的东西？

答：便利店的塑料袋。不知道什么时候塑料袋就成了堆。（苦笑）

问：发邮件的时候你经常用什么符号？

答：经常用"？"吧……我基本上不用图画文字。

问：你喜欢什么类型的异性？

答：没有特定类型的。我基本上喜欢所有的女孩子。范围非常广泛呢！（笑）

问：你有没有恋爱格言？

答：我觉得"恋"和"变"这些字非常像。意味着"人是谈恋爱以后自然而然地变的"。

问：你为什么加入娱乐圈？

答：我姐姐非常喜欢 KinKi Kids。她经常看他们的 DVD。我是受了姐姐的影响看了他们的 DVD 以后把简历发给事务所的。

问：你有没有仰慕的对象？

答：我有很多喜欢的人，但是没有仰慕的对象。

问：你有喜欢的艺人吗？

答：山崎将义（日本著名民谣歌手——译者注）。

问：你好像演了很多次漫画里面的人物，你以后想演
　　哪个漫画里的人物？

答：一般我看漫画的时候不会去想演戏的事情，所以
　　想不出来。我小时候想当《龙珠》和《灌篮高
　　手》里面的人物。

问：最近你有没有自己表扬自己的事情？请告诉
　　我们。

答：我基本上希望天天表扬自己。现在（指在采访
　　中）我也非常努力。值得表扬呢！（笑）

问：我在演唱会上听你的独唱，受到了非常大的打击
　　（笑）。我想问一下你为了保持那样的性感的气
　　氛，平时注意用心的事情是什么？

答：嘿嘿嘿……看看黄色书！

问：你到现在为止演过的角色里最喜欢哪个角色？

答：我喜欢道明寺！

问：加入杰尼斯事务所的纪念日是什么时候？

答：1996 年 5 月。

问：你尊敬的前辈是谁？

答：KinKi Kids，尤其是堂本刚先生（KinKi Kids 成员之一——译者注）。还有木村拓哉先生（SMAP 成员之一——译者注）。

问：请介绍一下最近你独立的工作。

答：我参加了那部非常受欢迎的连续剧《花样男子》（TBS 电视台出品）续集的演出。拍摄是从 2007 年 1 月份开始的，现在已经结束了。我还主演了电影《恋人妹妹》（内容是关于双胞胎兄妹阴错阳差的苦恼的恋爱故事——译者注）。这部电影作为 2007 年元旦的第二部作品在东京惠比寿花园电影院和日本国内所有的电影院上映。

问：请告诉我你 2007 年的目标，并请用关键词来形容一下这个目标。

答：嗯……怎么说呢……如果用一句话来形容，那就是 "MIND——精神"，还有 "感谢——THANKS"。我认为什么事情都要通过自己的 "MIND" 来进行，然后需要的就是 "THANKS"。

我认为只要自己心里"THANKS"，就会有
"MIND"。我对"MIND"是这样理解的："自己
心中非常清楚应该做什么事情的时候，为了让自
己更一步前进，每时每刻都要提醒自己保持在高
水平上。"这就是我的MIND……我希望在2007年
为保持高水平的"MIND"而努力奋斗。这样我
的2007年会过得非常美满。

二宫和也访答

问：你的生日？

答：1983 年 6 月 7 日。

问：出生在哪里？

答：东京都葛饰区。

问：血型和星座？

答：A 型。双子座。

问：身高和体重？

答：168 公分，53.5 公斤。

问：家里有几口人？

答：在烹饪学校担任老师的父亲，还有母亲、姐姐和一只名叫"haru"
（日语，春天的意思
——译者注）的狗。

问：鞋的尺码？

答：26公分。

问：你的视力？

答：右眼和左眼都是1.2。

问：你的外号是什么？

答：Nino，Ninomin，Ni-
nop（自己比较反感最后这一个）。

问：你的兴趣爱好呢？

答：弹吉他，写歌词作曲，运动，还有……我想收购
"普拉达"、"古奇"等名牌店！不过，我还没有
试过。（笑）

问：你擅长什么？

答：打棒球。还有……我会模仿日本动画片《龙珠》
里的魔王萨坦和志村建先生（日本喜剧之王
——译者注）的"ai-n!"（日剧《木更津猫眼》
中的人物名——译者注）。

问：你的长处是什么？

答：非常专心，聪明。

问：短处呢？

答：太过度的专心，太过度的聪明。

问：最吸引人的部位？

答：手。

问：你喜欢的艺人是谁？

答：Mr. Children（孩子先生。日本著名音乐组合——译者注）。

问：最近买的东西当中自己觉得很满意的东西是什么？

答：笔记本电脑。对我来说笔记本电脑是一种时尚的东西（笑）。我去夏威夷的时候也带了它呢。现在它是我的心肝宝贝。

问：那么买了以后感觉失败的东西呢？

答：没有。因为我最近除了笔记本电脑以外没买什么东西呢。

问：你有没有今年春天想买的东西？

答：没有特别的。因为我这个人没有物质欲。

问：你最近穿的衣服的主题是什么？

答：就是"轻松"。这一点非常重要。无论怎么说，衣服要在穿的时候感觉轻松是最好的！

问：什么样风格的女孩子能吸引你？或者说你喜欢穿什么样服装的女孩子？

答：在这方面，我没有没有什么特别的爱好。说实话我没印象，因为从来没有仔细看过呢。我不会在意别人穿什么。

问：你吃饭的速度快不快？

答：我的经纪人每次都对我说："你吃饭吃得太快！"因为我经纪人吃得很慢，所以我每次已经吃好了也得要等着他吃完。（苦笑）

问：昨天的晚饭是什么？

答：昨天晚上没时间，没吃饭。

问：对你来说春天的时鲜是什么？

答：根本没有，因为我对食品没什么兴趣。难道你想让我回答樱花饼（樱花饼是日本特色食品，一种在春天吃的年糕——译者注）什么的吗？

问：谈到母亲做的食物，你第一会想到的是什么？

答：咖哩饭。不过，我们家的咖哩饭很普通，而且我没有什么嗜好。

问：你有没有以前不能吃，但长大了以后可以吃的东西？

答：没有。我认为不要勉强自己，不喜欢的东西就是不喜欢就可以了。我不想让自己勉强地去做一件事。那样不值得。

问：你长大了以后还有忌口的东西吗？

答：贝类的东西。还不是一般的嫌弃，吃了就会过敏。我以前吃过海螺、扇贝、蚶子，结果都过敏。

问：你去便利店的时候有没有不知不觉会买的东西？

答：薯片！

问：你房间的窗帘是什么颜色？

答：黑色。像学校化学教室那样的窗帘。我选择的是家具店里最普通的窗帘。

问：你会打扫自己的房间吗？

答：会的。但我只会做一些把房间里乱七八糟扔着的东西还回原位的事情。平时是我家里的人帮我用吸尘器打扫房间。

问：你平时在家里时穿什么样的衣服？

答：我到家以后也不太会换衣服。因为我平时外出的时候一般都穿休闲类服装，跟在家里穿的衣服差不多，而且如果回到家以后马上就换睡衣的话，夜里突然想去便利店的时候很不方便呢。

问：你在家里的时候是经常看电视，还是听音乐？

答：听音乐。

问：你在家里的时候在哪个房间待的时间最长？

答：起居室（是家里靠近厨房的房间——译者注）。我家的起居室不是那种欧美式的，而是地道日式的。因为起居室铺了榻榻米，冬天很冷的时候我可以把腿伸进被子里取暖。

问：你早上从起床到出发需要多长时间？

答：我一般提前半个小时起床。起床后二十分钟看电视，十分钟洗脸、刷牙和穿衣服。

问：你最近最感动的事情是什么？

答：我每次看自己出演的连续剧的剧本就会感动。

问：最近你心里最难受的事情是什么？

答：我不记得了。我不想去想悲伤的事情。我如果现在说出来，就又会心里难受。我觉得不值得总是想过去的事情。

问：你有没有自己不想做但是非常上瘾停不下来的事情？

答：没有。因为我每天都只会做自己想做的事情。我认为只要我不给周围的人添麻烦，做什么事情都可以。

问：那么你有没有自己想做，可是目前还没有开始做的事情？

答：也没有。如果我想到做某一件事情，就会马上开始做。但是有时候也会碰到有限制而不能实现的事情。

问：现在你坚持做的事情是什么？

答：博客。还有，我每天努力地生活。这件事情我以后也会继续坚持做。

问：最近"岚"的成员说过的话里面，有没有让你最感到高兴的事情？

答：没有。我最近经常见到他们。

问：最近"岚"的成员说过的话里面，有没有让你感到惊讶的事情？

答：这事就别提了，因为不会有感到惊讶的事情。我跟他们在一起已经很长时间了，如果现在"岚"队友里有一个人对我说"我已经结婚了"，我也一点都不会惊讶。

访　答

问：你做配音工作的时候，有没有让你惊讶的事情？

答：配音工作跟演戏不一样。因为配音工作是一个人
自己做，所以在配音的时候我有一种脱离了现实
的感觉。因为我在这部电影中是第一位配音者，
所以我配音的时候屏幕上还没有配上其他角色的
台词，我一边看着没有台词的屏幕，一边说着我
的台词，感觉有点不可思议。

问：最近你跟其他娱乐圈的朋友们玩什么？

答：上次我跟郭（智博）（日本演员——译者注）一
起去看 SET 的舞台。在那儿我还碰到了演舞台
剧《没有理由的反抗》的时候一起合演的演员。
演出结束后我跟他们一起去吃饭，聊了很多
事情。

问：如果你有女朋友，你会让她怎么称呼你？

答：我都无所谓。因为现在也有人念错我的名字，我
不会介意的。顺便说一下，我妈妈叫我的时候不
是叫我的名字，而是叫"喂!"

问：你们如果说相声，你想做逗哏还是捧哏？

答：我都可以。

问：如果你选"岚"队员中的一个人当自己的女朋

友，你会选谁？还请告诉我选的理由。

答：我不会选，因为是根本不可能的事情。

问：说起夏天就联想到恐怖故事。你们"岚"队员里胆子最小的人是谁？还请告诉我理由。

答：应该是相叶君。

问："岚"队员中你认为谁是最适合夏天的形象大使？

答：不知道。（笑）我觉得相叶君常年一直给人夏天的感觉，而我自己在夏天时候反而觉得冷。因为室内有空调，所以非常冷。

问：你有没有自己独特的解除疲劳、缓解压力的办法？

答：没有。最近我觉得非常累……如果有什么好的办法我倒是想知道。希望有人告诉我。

问：你最近的口头禅是什么？

答：最近我不爱说话。上次在广播室录音的时候，我注意到自己感觉累时反而说话多。

问：你有没有每天坚持做的事情？

答：起床和睡觉。不是！这个事情我不一定每天做……（笑）回家是天天做的事情。

问：如果你可以坐时光机去不同的时代，想去什么年代？还想做什么？

答：未来也可以吗？我想去我死前的三分钟。我想感受去世时那一刹那的感觉。不过，虽然是这样说，但真的死了就很惨了。（笑）还是不说这个事情吧。我只是好奇而已。

问：你最近最愤怒的事情是什么？

答：最近我经常发脾气。在工作时，我有时非常直率甚至有点发怒地说出自己的意见，似乎这样工作时才有大的突破，而每次工作气氛很轻松时，就做不出来好的东西。现在大家对我的评价是："二宫君从美国工作回来以后有点骄傲"。我觉得这样的评价没有关系，大家越是对我有这样的评价，我就越会以骄傲的态度来工作。我都无所谓。（笑）

问：在"岚"队员当中你认为谁最像小孩子？

答：我认为队长最像小孩子。

问：你在开始演唱会之前有没有特别的思想准备？

答：只要不迟到就可以了。因为杰尼斯事务所组织的演唱会的开幕设计是非常精彩的，所以一定不能迟到。但是我还不知道这次演唱会的开幕是怎样安排的。

问：你有没有养宠物？

答：我希望有机会养猪和企鹅。企鹅一定要在冷的地方养，所以现在没办法养企鹅。

问：你喜欢什么样的异性？

答：我喜欢住在顶层的女性。如果她住在房子的第三层，我就希望她住在这一层。

问：你的恋爱格言是什么？

答：追！追！追！

问：你有没有喜欢的俗语？

答：没有特别喜欢的。

问：你的宝物是什么？

答：《MYOJYO》（日本介绍娱乐圈的杂志——译者注）。家里有很多。

问：你有没有仰慕的对象？

答：高田纯次先生（日本演员——译者注）。我希

望年纪大了以后像他一样潇洒。

问：你为什么加入娱乐圈？

答：因为事务所的社长邀请我参加。一开始的时候我没有什么兴趣，但也不知道为什么，反正继续工作下来就成了现在这个样子了。（笑）

问：你有没有仰慕的艺人？

答：Mr. Children。

问：最近非常感动的事情是什么？

答：没有什么感动的事情。经常会有很多人对我说："你去好莱坞工作，很厉害啊！"但是对我来说，在美国工作和在日本工作没什么区别。都一样。我通常都很平静。就是这样。

问：请告诉我你在美国工作的时候给"岚"队友买了什么礼物？

答：我给相叶君买了书，给队长买了运动裤，给翔君买了戒指，给润君买了咖啡杯。全部都是设计非常独特和有意思的东西。

问：你的头发长了以后想做什么样的发型？

答：没有特别的。还没有想好。

问：请告诉我，你现在在秋叶原（日本最著名的电器街——译者注）最想买的东西是什么?

答：没有什么。我已经不能再买电脑了。我的电脑太老，由于 WINDOWS 版本的原因，我的软件无法升级为现在的版本。我的电脑里有很多用现在的版本打不开的软件。这是一个让人烦恼的事情。怎么办?!

问：你加入事务所是什么时候?

答：1996 年 6 月 19 日。

问：你尊敬的前辈是谁?

答：东山纪之先生（日本音乐组合"小年队"成员之一——译者注）。

问：请介绍一下你独立的工作。

答：我参加了电影《硫磺岛来信》的演出，这部片子 12 月 9 日上映。《恶童》是我第一次挑战配音的电影，12 月 23 日上映。

问：请告诉我你 2007 年的目标。请用关键词来形容一下你的目标。

答：就是挑战! 只是我还没想好 2007 年挑战什么。有很多想做的事情，比如说连续剧、演唱会等等。

首先我想做电视连续剧方面的工作。我想给大家带去一种新鲜的感觉，想让大家看看我新的魅力。

我想挑战的连续剧是比较老的题材。我一想到现在的年轻人怎么看这部连续剧就觉得很有意思。另外，这本书发行的时候已经公开了的一件事是"岚"在东京DORM球场［也称东京巨蛋，是外表貌似蛋形的半圆封闭型体育场。巨蛋本身是为棒球比赛所建。日本有五所这样的体育馆：东京巨蛋（TOKYO DOME）、大阪巨蛋（OSAKA DOME）、名古屋巨蛋（NAGOYA DOME）、福冈巨蛋（FUKUOKA DOME）和扎幌巨蛋（SAP-PORD DOME）。五大"巨蛋"皆可容纳五至六万名观众。能够在"巨蛋"召开演唱会对于艺人是一种至高无上的荣耀——译者注］的演唱会。这次演唱会对我来说也是新的挑战。我还主演了一部名叫《黄色的眼泪》的电影，4月份上映。我最近很忙啊！今年年初的时候，我还以为今年不会怎么忙，但是到了现在就已经忙得不得了了！（笑）不过，我觉得忙是一件好事。演唱会结束后，我没休息就开始拍连续剧。虽然现在冬天在外面拍戏有点辛苦，但是这次参加连续剧演出的演员都是著名的老演员，有机会跟在他们一起拍戏是一件非常荣幸的事情。这次机会真的很难得。今年对我来说是富于挑战的一年。

相叶雅纪访答

问：你的生日？

答：1982 年 12 月 24 日。

问：出生在哪里？

答：千叶县。

问：血型和星座？

答：AB 型，山羊座。

问：家里有几口人？

答：父亲、母亲、弟弟、三条狗（分别名为阿童木、
　　乌兰和公主）。

问：身高和体重？

答：176 公分，50 公斤。

问：你穿多少码的鞋？

答：26.5 公分。

问：视力？

答：右眼左眼都是 1.5。

问：外号是什么？

答：Aiba、小叶、叶子、乡下人（横山裕君起的）。

问：你的爱好是什么？

答：我喜欢看漫画。

问：你擅长什么？

答：我可以跟动物交流！

问：你喜欢的运动？

答：我喜欢海，所以喜欢玩冲浪。

问：你的优点和长处呢？

答：我什么时候都很努力！另外，我去海外等地旅行的时候带的行李很少。有时候我连内裤都不带，到了那边才买。

问：短处呢？

答：经常发呆……还有，我去哪里都空手去，这有好
　　处，但有时候也带来不便。

问：你最吸引人的地方是哪里？

答：左侧腹上的黑痣。

问：喜欢什么颜色？

答：红色、绿色。在综艺节目"高考"里面，我喜
　　欢"岚"的粉色。

问：有收藏的东西吗？

答：没有。

问：你喜欢的时尚饰品是什么？

答：眼镜。但是我不常戴眼镜，只是喜欢。

问：你的癖好是什么？

答：经常咬手指。

问：你喜欢吃什么？

答：麦当劳的鸡蛋玛芬。

问：最近买的东西当中，自己觉得很满意的是什么？

答：咔叽色短外套。这件衣服穿上去非常舒服，好像是定做的一样，非常适合我的体型。碰到这样合适的衣服的机会比较少，所以觉得很难得。

问：那么最近买的东西当中自己觉得很失败的是什么？

答：在泰国买的便宜手表。因为那次我忘了带手表，所以不得不在当地买。买了以后马上就坏了。（苦笑）

问：今春你想再买的服装饰品是什么？

答：墨镜。不是时尚的东西，而是我的生活必需品。因为马上就要到到处都是花粉的季节了。我有花粉过敏症。

问：最近你穿的服装的主题是什么？

答：就是简单。这几年我穿的衣服都是简单的风格。不管怎么说，我认为简单才是时尚的原点。

问：什么样风格的女孩子能吸引你？或者说你喜欢穿什么样服装的女孩子？

答：我一般不太在意女孩子的穿着，但是看到穿比较贴身的衣服的女孩子，也会动心。

问：你吃饭的速度快吗？

答：很快。尤其是吃容易吃下去的东西时吃得特别快。我跟朋友比吃时速度也很快。

问：昨天的晚饭是什么？

答：烤肉盒饭。

问：对你来说春天的时鲜是什么？

答：是竹笋。酱汤里放竹笋非常好吃。我一看到酱汤里面的竹笋就会不知不觉笑出来。

问：对你来说，谈到母亲做的菜时第一想到的是什么菜？

答：竹笋酱汤。除了我家以外，我还没有看到过竹笋做的酱汤。每家的酱汤的味道都不一样，我很喜欢我妈妈做的酱汤。

问：你有没有小时候不能吃，长大以后可以吃的东西？

答：茄子和紫苏。我并不是完全不能吃这些东西，但是不爱吃。现在已经没有问题，我可以吃了。

问：长大以后还是不能吃的东西是什么？

答：没有。

问：你去便利店的时候不知不觉地买东西吗？买什么？

答：我在便利店时不会买食品，只会买一些杂志什么的。

问：你房间的窗帘是什么颜色？

答：深蓝色。我估计是我妈妈选的。

问：你会打扫自己的房间吗？

答：会的。我还会自己用吸尘器打扫呢。

问：你在家里的时候穿什么样的衣服？

答：我回家后马上就换上运动服。这件运动服兼作睡衣，我直接穿这件衣服睡觉。

问：你在家里的时候是看电视还是听音乐？

答：一半一半吧。有时候边看边听。

问：在家里的时候，你在哪间房待的时间比较多？

答：在起居室的沙发上。但一般我不是坐在沙发上，而是坐在地毯上靠着沙发。

问：你早上从起床到出发需要多长时间？

答：不到半个小时。我速度很快地冲个淋浴，然后
换衣服，这样就可以出发了。我经常连头发都
不梳，因为是洗淋浴，我的卷发顺便也打理
好了。

问：最近你最感动的事情是什么？

答：上次我回老家的时候，在一家商店的前台看见了
一个很面熟的人。我对他说："我们在哪里见过
面吧？"没想到他竟然是我幼儿园时的同学。我
感到很惊讶而且很感动。

问：最近你有没有感到伤心的事情？

答：没有。

问：有没有上瘾的事情？

答：暴食和喝咖啡。

问：你想做但是还没有开始的事情是什么？

答：锻炼。

问：现在一直坚持做的事情是什么？

答：虽然过去没有，但是我从今天开始坚持锻炼！
（笑）还有，如果有时间，我要从今天起开始

游泳。

问：最近"岚"队友对你说过的话里面，有没有最
　　让你高兴的事情？

答：我已经忘了当时的具体情况了，只记得好像是队
　　长对我说："相叶君很棒！"那时我感到很高兴。
　　（笑）

问：最近"岚"队友对你说过的话里面，有没有让
　　你感到惊讶的事情？

答：想不起来。

问：昨天你做梦了吗？如果做了，请告诉我梦的
　　内容。

答：我昨天做了梦。好像当时我在开车，翔君坐在我
　　旁边。因为怕迟到赶时间比较紧张，所以开得特
　　别急。终于到了飞机场后，停车时我却不小心撞
　　上了飞机！这个梦一点都不现实，所以我还在梦
　　里时就已经知道了这不是现实中的事情，是在做
　　梦。（笑）

问：如果用自己来比喻一种动物，你觉得自己最像
　　什么？

答：哈？是什么呢？我想一想。我自己不知道自己像

什么动物，而且别人没怎么对我说过我像哪一种动物。这么说吧，我记得袋鼠经常向我寻衅，也许它们认为我是它们的同类。（苦笑）

问：你跟志村健（日本喜剧王——译者注）之间最近有没有发生什么有意思的事情？

答：志村先生经常请我吃饭，但我们见面只讨论工作上的事情，所以没有什么好玩的故事。跟他在一起度过的时间对我来说是非常有益的。

问：如果你们说相声，你的角色就是捧哏还是逗哏？

答：应该是捧哏。

问：如果在"岚"队友里选一个当自己的女朋友，你会选谁？

答：队长。我跟他在一起的话，我一定会爱上他的。（笑）……我跟他在一起时，有时很轻松有时很兴奋，不会感到没意思。

问："岚"队员里胆子最小的人是谁？

答：是不是我？我体验过一次可怕的事情，后来真的成胆小鬼了。我不太害怕游乐园里闹鬼的房子，但是在里面的时候，鬼突然出现时却会吓我一跳。那时候的感觉不是害怕，而是有点愤怒。

问：你认为"岚"队友里谁最适合当夏天形象大使？

答：没有合适的吧？一般来说如果有五个男孩子，里面至少应该有一个人会玩冲浪。但是"岚"队员里谁都不会玩这个。勉强说的话，我最合适，因为我有时候穿短裤！

问：你有没有独特的缓解压力的办法？

答：休足贴膏（日语，一种贴敷在脚底上的膏药——译者注）。晚上贴在脚底上，早上起来的时候感到神清气爽。

问：请告诉我你最近的口头禅是什么？

答："反过来说。"每当我说出这句话以后，就会仔细想想，发现并没有什么要"反过来说的"。

问：你听了夏天这个词，第一会联想到什么？

答：是海或者泳衣。

问：你有没有每天坚持做的事情？

答：我每天坚持吃维生素。吃了好像觉得有效果，但实际上我不太清楚。

问：如果你可以坐时光机去不同的时代，你想去什么年代？还想做什么？

答：我想去战国时代。那个时代靠自己的刀来决定自己的命运，我觉得很厉害。但是我去那个时代后待一分钟就会回来的，因为非常危险。（笑）

问：在电视综艺节目"G 的岚"里，你印象最深的惩罚性游戏是什么？

答：二宫君穿乳头露出来的 T 恤。我对那个印象最强烈。大家的反应也很好。效果跟我自己事先想象的一样。

问：在电视综艺节目"孙孙岚"里，你觉得最好吃的东西是什么？

答：我想不起来了。都很好吃。拍摄的时候是在拼命地做事，所以后来想不起来吃了什么东西了。

问：最近有没有打动你的心的事情？

答：我的住所附近有很多野猫，我一直在照顾它们，最近它们终于跟我熟了，不挠我了。

问：听说你喜欢户外运动，最近在做什么？

答：我最近经常踢足球。虽然在拍摄节目的时候踢足球是工作，但是太好玩了，所以我们正在考虑组织一个足球队。我现在问问看有没有其他的朋友感兴趣。

问：你房间里有没有自己想扔掉可是觉得可惜而不会扔掉的东西？

答：别人送给我的东西不能扔掉。比如我们初次登台的时候给排球队助威，球员们送给我们有选手签名的排球。迈克尔·约翰逊（美国著名田径运动员——译者注）送过我运动服。莫里斯·格林（美国著名田径运动员——译者注）送过我抢旗，虽然很高兴得到这个礼物，但是我不知道摆在哪里合适。（笑）

问：最近有没有让你非常感动的事情？

答：演唱会让我非常感动。这是一年一次我们跟粉丝们在一起分享喜悦的时光，是让我非常感动的事情。而且今年会增加演唱会的次数，这也让我非常高兴。

问：你养宠物吗？

答：我有三条狗，还养着我爸爸买的鹦鹉。经常来我家的还有十多只猫，它们都不认生。

问：发邮件的时候你经常用什么符号？

答：""。

问：你喜欢什么样的女孩子？

答：可爱的女孩子。外观、性格、声音都要可爱。

问：恋爱格言是什么？

答：适当、恰好。总的来看，我觉得两个人之间如果有适度的紧张感，更好！

问：你喜欢的成语是什么？

答：四面楚歌。

问：你的宝物是什么？

答："岚"。

问：你为什么加入娱乐圈？

答：因为我想跟SMAP一起打篮球，所以决定加入娱乐圈。

问：你有没有仰慕的对象？

答：三国志里的关羽，我觉得他很坚强。

问：你喜欢的艺人是谁？

答：邦·乔维（美国摇滚巨星——译者注）。

问：俗话说要"勿忘初衷"。你有没有从工作开始到现在一直坚持做的事情？

答：没有。我认为保持初衷是一件很好的事情，但是太过在意也不太好。

问：请告诉我"岚"队员与众不同的一面。

答：大野君跟我一起吃拉面的时候，他一定会买单，但是去吃烤肉就不行了。

问：你拍电视节目"天才！志村动物园"的时候，有没有发生危险的事情？

答：节目组的工作人员都很认真，没有发生过危险的事情。节目里的合演都是狮子、老虎等动物，所以有时候感到很恐怖。如果我做节目的时候放弃或者逃避，拍摄任务就完成不了，所以我不会逃避的。

问：你加入杰尼斯事务所是什么时候？

答：1996 年 8 月 16 日。

问：你尊敬的前辈是谁？

答：杰尼斯事务所所有的前辈，尤其是泷泽秀明君（日本音乐组合泷 & 翼成员之一——译者注）。

问：请告诉我你独立的工作。

答："天才！志村动物园"（周四晚七时在日本 NTV 电视台播出）。

问：请告诉我你 2007 年的目标，并请用关键词来形容一下这个目标。

A：我觉得傻一点比较好。（笑）观众从"岚的作业"

节目里都能看出来，我实在是有点傻乎乎的。我自己在家里看这个节目时感到很不好意思（笑）。事到如今，傻就傻到底了。我的目标是做超级傻子！

樱井翔访答

问：你的生日是什么时候？

答：1982 年 1 月 25 日。

问：出生在哪里？

答：东京都世田谷区。

问：血型和星座？

答：A 型，水瓶座。

问：家里有几口人？

答：父亲、母亲、妹妹、弟弟。

问：身高和体重？

答：170 公分，54 公斤。

问：你的鞋的尺码是多少？

答：25.5 公分。

问：视力多少？

答：右眼和左眼都是 1.5。

问：外号是什么？

答：翔君、樱花、大脑
　　门儿。

问：你的爱好是什么？

答：街舞、旅游。

问：你擅长什么？

答：弹钢琴、四轮滑冰。

问：你喜欢什么运动？

答：踢足球。

问：你有什么优点和长处？

答：非常专心、拼命地玩、善于交往。

问：短处是什么？

答：太善于交往、不喜欢的事情不会让自己变得
　　喜欢。

问：你最吸引人的地方是哪里？

答：额头。

问：喜欢什么颜色？

答：蜜色。在"高考"节目里，我喜欢"岚"的红色。

问：有收藏的东西吗？

答：CD。有一百张。

问：你喜欢什么时尚饰品？

答：眼镜。但我不经常戴，只是喜欢而已。

问：你的癖好是什么？

答：摸鼻子。

问：你喜欢吃什么？

答：喜欢很多东西。最近我喜欢吃意大利菜。

问：最近买的东西当中自己觉得很满意的饰品是什么？

答：我生日的时候朋友送给我的帽子。非常喜欢。帽子上还写着"THE SHOW"，很好看！

问：那么最近买的东西当中自己觉得很失败的饰品是什么？

答：是手机。这不是饰品吧？现在用的手机也不太老旧，但总是死机，所以我买了新的。

问：今年春天你想再买的服装饰品是什么？

答：我需要不会死机的手机！

问：冬天服装的主题是什么？

答：主要是"保暖"。因为木更津（木更津市，位于日本千叶县中西部——译者注）是非常冷的地方，所以与选择外观相比，我选衣服的时候更注重保暖。

问：什么样风格的女孩子能吸引你？或者说你喜欢穿什么样服装的女孩子？

答：如果平时戴眼镜的女孩子有一天突然戴着隐型眼睛过来，会吸引我。

问：你吃饭的速度快吗？

答：很快。但是我高中的时候，因为不知道应该什么时候把嘴里的东西吞下去，所以每天要用五十分钟左右的时间吃午饭。

问：昨天的晚饭是什么？

答：在家里吃了生鱼片和酱汤、煎鸡蛋。

问：对你来说春天的时鲜是什么？

答：我觉得火锅很好吃，所以到了春天也想吃火锅。

问：对你来说，提到母亲做的菜时第一个想到的是什么菜？

答：用黄油炒的蘑菇和章鱼。

问：你有没有小时候不能吃，长大以后可以吃的东西？

答：有。咸鳕鱼子、咸乌贼、竹笋、蘑菇等等。有很多。我以前吃白菜的时候，只能吃叶子，不能吃白菜梗，但现在我很喜欢吃白菜梗了。

问：长大以后还是不能吃的东西是什么？

答：只有香菜和襄荷。

问：你去便利店的时候会不知不觉地买东西吗？买什么？

答：豆浆。从拍电视剧《不良少年回母校》的时候开始，我就习惯早上工作之前去便利店买豆浆。

问：你房间的窗帘是什么颜色的？

答：我房间的窗子是木头做的百叶窗。

问：你会打扫自己的房间吗？

答：偶尔会。因为我在房间里只是睡觉，不太会弄脏屋子。

问：你在家里的时候穿什么样的衣服？

答：运动裤和 T 恤。睡觉的时候也是。我在房间里只做两件事：睡觉、与弟弟打游戏。

问：你在家里的时候是看电视还是听音乐？

答：听音乐。

问：你在家里的时候在哪间房间待得比较久？

答：我最近比较喜欢待在起居室。有时候家里的人聚在一起，我觉得很高兴。

问：你早上从起床到出发要多长时间？

答：半个小时左右。起床后洗淋浴、刷牙，马上半个小时就过去了。

问：你最近最感动的事情是什么？

答：前不久我有机会采访美国"9·11事件"发生时第一个将这个消息报告给首相官邸的人，感触很深。

问：最近你有没有感到伤心的事情？

答：取消北海道札幌的演唱会。

问：有没有上瘾的事情？

答：没有。

问：你想开始做但是还没有做的事情是什么？

樱井　翔

答： 我跟朋友一起旅游的时候每次都会录像，但是没有时间编辑这些录像。

问： 现在一直坚持做的事情是什么？

答： 没有。但是大约半年之前我开始吃饭的时候尽量不吃糖类的食品。

问： 最近"岚"队员对你说过的话里面，有没有最让你高兴的事情？

答： "美丽"（综艺节目名——译者注）的记者招待会的时候，我说"很期待拍床戏"的时候，大野君大笑起来，还说："你脑子有毛病！"我觉得很搞笑，很高兴。（笑）

问： 最近你被"岚"队员说过的话里面，有没有让你感到惊讶的事情？

答： 我知道松润君出演电视剧《世上奇妙的故事》时感到很惊讶。我很喜欢看那个连续剧，所以我非常支持他。

问： 如果你没有成为影视明星，会做什么行业？

答： 可能会做与唱片公司、演唱会有关的工作，或者做海外歌手协调员等等。我喜欢音乐，所以应该是做跟音乐有关的工作。

问：你房间的宝物是什么？

答：用甲醛水溶液保存着的智牙，而且上面还有牙龈。（苦笑）牙科医生把它给我，我就带回家了。说实话我不想要这个东西，可是扔掉也觉得可惜，所以摆在房间里。

问：你的书包里一定有的东西是什么？

答：MP3 和耳机。MP3 可以下载很多音乐，所以非常方便。不过，MP3 虽然很方便，但是听多了以后对 CD 就没有那么念念不忘了，所以现在觉得还是用 CD 唱机比较好。

问：如果说相声，你想做逗哏还是捧哏？

答：我都可以。如果是在"岚"里面的角色的话，我会是捧哏。

问：如果你在"岚"队友中选一个做你的女朋友，你选哪位？

答：我开始工作的时候经常会碰到这样的提问，那时我还不能确切地回答出来，但是到我非常了解"岚"每一个成员的魅力所在时，反而不能单选一个人了。

问：说起夏天就联想到恐怖故事。你们"岚"队友里胆子最小的人是谁？还请告诉我理由。

答：前段时间我一直以为我是胆子最小的人，可上次
拍摄节目时去游乐园闹鬼的房子，那时候我才发
现相叶君最怕鬼，他比我胆子还小。

问："岚"队友中你认为谁是最适合夏天的形象
大使？

答：相叶君。他就是夏天。

问：你有没有自己独特的解除疲劳、缓解压力的
办法？

答：没有。因为我没怎么累着。

问：你有没有每天坚持做的事情？

答：洗澡、刷牙。

问：最近你的口头禅是什么？

答：昨天我刚发现我经常说"颇"这个词，也就是
very 的意思。举个例子——"颇有精神"、"颇
饿"等等。我觉得很好听。

问：如果你可以坐时光机去不同的时代，你想去什么
年代？想做什么？

答：我想去中世纪的欧洲。我上次去西西里岛的时
候，在墓地里参观了木乃伊。木乃伊穿着中世纪

的服装。这件事情对我来说印象非常深刻，所以我想去中世纪。

问：发邮件的时候你经常用什么符号？

答："m（＿）m"。我经常在"很晚了，打扰您了!"之后用这个符号。虽然并没有什么特定的意思，但是我经常会用这个符号。

问：你喜欢什么类型的异性？

答：质朴、刚毅有力。

问：你有没有恋爱格言？

答：风雨无阻。

问：你喜欢的俗语是什么？

答：进攻是最好的防御。感觉很积极，所以我很喜欢。

问：为什么加入娱乐圈？

答：没什么特别原因，顺其自然。

问：你有没有仰慕的对象？

答：有，是一位俄罗斯撑杆跳高选手，名叫伊辛巴耶娃。我在 2005 年世界田径锦标赛上看到她，马上就迷上了。她太帅了。

问：你有喜欢的艺人吗？

答：ZEBBRA。

问：你在做歌剧工作时，后台有没有有趣的故事？

答：我在大阪公演的时候，与一起演出的人去迪厅。当时那家迪厅里没什么人，于是我们大家手拉手围成一个圆圈跳舞。大家都是舞蹈演员，所以跳得很精彩。我觉得非常有意思。

问：你在电影《蜜蜂和三叶草》的拍摄当中有没有搞笑的意外事件？

答：有，是在拍摄我跑到海边的场景的时候。彩排的时候，大家再三提醒我不要把身上弄湿了，可我用力过猛一下子跑进了海里，衣服全湿了，不能继续拍下去了，要等大概半个小时衣服晾干了才能接着拍。当时大家哄堂大笑，我感到很不好意思。（苦笑）

问：我这回是第一次去看你们的演唱会，需要做什么思想准备？

答：这个问题问得很好！我想，只要参加，就肯定会十分享受这次演唱会。但如果你事先做做准备，把我们过去演唱过的歌曲听一遍，就可以更好地欣赏这次演出了。

问：“岚”的特点是什么？

答：我觉得“岚”的特点是随便。有很多人看了我们的夜间电视节目后对我们说：“你们做节目时太随便了！”听到他们的感想我反而很高兴。（笑）

问：你是什么时候加入杰尼斯事务所的？

答：1995 年 10 月 22 日。

问：你所尊敬的前辈是谁？

答：我仰慕的人是木村拓哉君。我尊敬的人是三宅健君（日本青年演员——译者注）。

问：请介绍一下你独立的工作。

答：我每周五在 *NEWS ZERO*（日本 NTV 电视台系列节目——译者注）电视节目中做主持人。还参演了“木更津猫眼世界系列电影”之一的“木更津猫眼 feat. MCU”和现在正在销售的电影主题歌《海岸 Bye-Bye》的录制。

问：请告诉我你 2007 年的目标，并用 ABC 关键词来形容一下这个目标。

答：用 ABC 关键词来形容今年的目标？……那么开始吧！我选 C，是“Chototsu——冒进”。我在

WU 的贺卡上也写了，2007 年我的目标就是"盲目跟进"。我已经说了对我来说 2006 年是非常充实的一年。2006 年我在戏剧、"岚"和主持人等很多方面发挥了自己的能力，在接下来的 2007 年我会更加努力地前进！我的目标就是"冒进"。

问：你的目标是不是在 *NEWS ZERO* 节目里做第一主持人？

答：哈？不会！第一主持人是村尾先生。我这次做主持人，觉得这个工作很有意思，所以天天想做这个工作。但如果要每天做新闻节目，我就不能拍电视连续剧或做其他工作了。所以还是不行。我觉得很可惜。

大野智访答

问：你的生日是什么时候？

答：1980 年 11 月 26 日。

问：出生在哪里？

答：东京都。

问：血型和星座？

答：A 型，射手座。

问：家里有几口人？

答：父亲、母亲、姐姐。

问：身高和体重？

答：166 公分，52 公斤。

问：你穿多大尺码的鞋?

答：25.5 公分。

问：视力是多少?

答：右眼 1.0，左眼不知道。

问：外号是什么?

答：小大、王子。

问：你的爱好是什么?

答：画画、钓鱼、骑自行车、跟朋友聊天。

问：你擅长什么?

答：绘画、模仿别人走路的样子。

问：你喜欢什么运动?

答：应该说是踢足球，虽然我没有踢过足球。

问：你的优点或长处?

答：全部。

问：短处呢?

答：太爱说话。

问：你最吸引人的地方是哪里?

答：下垂的眉毛。

问：喜欢什么颜色？

答：黑色、白色、大红色、咖啡色。在电视节目
　　"高考"里面我喜欢"岚"的蓝色。

问：你喜欢的时尚饰品是什么？

答：牛仔裤和T恤。

问：有收藏的东西吗？

答：自己画的画。

问：你的癖好是什么？

答：经常过于夸张地眨眼睛。

问：你喜欢吃什么？

答：什么都喜欢。最近我很喜欢吃拉面和炸猪排咖
　　哩饭。

问：最近买的东西当中自己觉得很满意的饰品是
　　什么？

答：灰色的书包。我以前用的书包的拉锁坏了，所以

相叶雅纪
松本润
二宫和也
樱井翔
大野智

我们希望看到你们明日
的闪亮更耀眼

我们能够看到你们明日
的进步会多么惊人

买了新的。我觉得还行。

问：那么最近买的东西当中自己觉得很失败的饰品是什么？

答：我没有买时尚饰品，但是想换一下手机，因为现在的手机发短信时打字非常费劲，想买部新的。

问：今年春天你想再买的服装饰品是什么？

答：没有。我对时尚饰品没有什么兴趣。

问：最近服装的主题是什么？

答："替换顺序"。我最近一直穿同一条牛仔裤和同一件大衣，只换里面的衬衫。（笑）

问：什么样风格的女孩子能吸引你？或者说你喜欢穿什么样服装的女孩子？

答：冬天也穿短裙的女孩子。不是被她吸引，而是我担心她着凉。

问：你吃饭的速度快吗？

答：很快。我喜欢飞快地吃饭。

问：晚饭一般吃什么？

答：上次拍摄"孙孙岚"的时候我吃了鹿肉。我把鹿肉烤了吃，很嫩，很好吃。

问：对你来说春天的时鲜是什么？

答：竹笋。我去年春天在朋友家时一直吃竹笋。我们在很小的阳台里烧烤竹笋。我今年也想吃。

问：说到母亲做的菜，你第一想到的是什么菜？

答：奶汁白酱炖菜。

问：你有没有小时候不能吃，长大以后可以吃的东西？

答：我小时候不喜欢吃青椒，因为很苦，长大以后反而觉得这种苦味好吃。还有我以前不喜欢吃茄子，但是现在能吃麻婆茄子了。

问：长大以后还是不能吃的东西是什么？

答：没有，现在什么都可以吃。

问：你去便利店的时候会不知不觉地买东西吗？买什么？

答：会买"关东煮"。我还喜欢吃"好炖"的鸡蛋、圆筒鱼糕、魔芋丝。我吃好炖的时候用很多芥末，所以每次都会被呛。

问：你房间的窗帘是什么颜色的？

答：蓝色。我一直用着妈妈买的这幅窗帘。我很喜欢蓝色，房间里挂上蓝色窗帘，让我觉得心平气静。

大野　智

问：你会打扫自己的房间吗?

答：不会打扫。每次都是我妈妈帮我打扫房间，都要依靠她。

问：你在家里的时候穿什么样的衣服?

答：穿大红色的睡衣。我妈妈买的。

问：你在家里的时候是看电视还是听音乐?

答：每天我在房间里时都开着电视音乐频道，我是看电视听音乐。

问：你在家里的时候，在哪间房里待的时间比较多?

答：在自己房间的床上。

问：你早上从起床到出发要多长时间?

答：虽然准备的时间不到五分钟，但是我得提前一个小时起床。起床后我会发会儿呆，很快就到出发时间了。

问：最近你最感动的事情是什么?

答：我可以开个人演唱会了。我很感谢到场观看的粉丝。非常感谢!

问：最近你有没有感到伤心的事情?

答：没有。

问：有没有上瘾的事情?

答：我经常在别人面前挖鼻孔。这我需要注意。

问：你想开始做但是还没做的事情是什么？

答：学英语。这事我已经想了好几年了，书也已经买好了，但就是还没有开始。

问：现在一直坚持做的事情是什么？

答：我四年前开始写日记。有时候我会翻看以前写的日记，觉得很有意思。这个日记是我的宝物。

问：最近"岚"队友们对你说过的话里面，有没有最让你高兴的事情？

答：有。"岚"的队友们来看我的个人演唱会时，对我说"非常好！"我觉得队友的鼓励比什么都让我高兴。

问：最近"岚"队友对你说过的话里面，有没有让你感到惊讶的事情？

答：应该是……没有。

问：你最近吃的东西当中觉得最好吃的是什么？

答：生黄瓜。我在生黄瓜里放沙拉酱，没想到会那么好吃！我简直吃上瘾了，一连三天天天吃呢。（笑）另外，我喜欢在西红柿里放盐，然后直接生吃。可好吃呢！

大野　智

问：你接下来想挑战的艺术作品是什么？

答：我想画很大的画。我的一个朋友建议说我可以将一张一米宽两米长的木板涂成白色，然后在板上画一幅黑白两色的人脸。我想开始画这张画，但买材料很麻烦，所以还没有开始呢。（苦笑）

问：你跳舞的时候注意的事情是什么？

答：每次我跳舞的时候都对自己说："我现在心情非常好!"就会全身心投入音乐。（笑）由于长时间地跳舞，很累。为了不被疲惫压倒，我会对自己说这句话，以鼓励自己。

问：如果说相声，你想做逗哏还是捧哏？

答：应该是捧哏。但我觉得做捧哏需要很多知识，我应该不适合。

问：如果让你在"岚"队友中选一个做你的女朋友，你选哪位？

答：小相叶！因为他很可爱。

问：说起夏天就联想到恐怖故事。你们"岚"队员里胆子最小的人是谁？还请告诉我理由。

答：翔君。我们拍电视节目"G的岚"的时候，去"富士急游乐园"里的鬼屋，那次翔君显得非常怕鬼，所以我觉得他胆子最小。我不太害怕鬼。

问：　"岚"队员中你认为谁是最适合夏天的形象

　　　大使？

答：相叶君。他的形象就是夏天。

问：你有没有自己独特的解除疲劳、缓解压力的

　　办法？

答：跟朋友喝酒，做黏土工艺品。

问：你最近的口头禅是什么？

答："啊——"。不管好不好都说"啊——"。

问：你有没有每天坚持做的事情？

答：俯卧撑和仰卧起坐，但最近好久没练了。

问：如果你可以坐时光机去不同的时代，你想去什么

　　年代？想做什么？

答：我想去绳纹年代。我想客观地从很远的地方看现

　　在这个年代的生活。还有，我想听听那个年代的

　　语言。

问：你房间里有没有虽然不需要但是舍不得扔掉的

　　东西？

答：我房间里一般没有不需要的东西，所以没有什么

　　要扔掉的。家具也很少，我在房间里的时候一般

在床上，所以房间里有床就够了。

问：对你来说最有缓解压力效果的办法是什么？

答：朋友。我跟他们一起做粘土工艺和聊天时最能缓解压力。因为我跟他们有共同语言，所以在一起时非常开心。

问：你最近有没有被感动的事情？

答：我的黏土工艺作品越来越多了。我在看自己认为做得很好的作品的时候感到很踏实。

问：最近有没有打动你的心的事情？

答：我房间里的黏土工艺作品越来越多了，这件事情让我很动心。

问：你最近有没有感到吃惊的事情？

答：我最近注意到我一旦做出决定，就肯定要把事情做好。这件事让我感到很惊讶。这次也是这样，我决定要做一百个黏土工艺作品，结果发现无论怎么忙我也在坚持做，所以越来越接近目标了。我对这件事感到很惊讶。

问：你做得最好的工艺作品是什么？

答：全部都很好！我的作品的脸都是一样的，只是发型和服装不一样，尤其是我做的印第安风格发型

的约翰尼·德普（美国著名演员——译者注）
很成功。

问：你这次拍电视节目"孙孙岚"的时候去了城下
街。你印象最深的是什么？

答：我那次有机会去了小型人体模型工艺博物馆，听
馆长介绍怎么做这些模型。这件事给我很深的
印象。

问：你的外号是"首领"。你对此有没有想说的？

答：没什么。很自然的。很自然反而自己觉得不好意
思。（苦笑）

问：你养什么宠物？

答：田鼠。名叫"千"。现在也很有精神。

问：发邮件的时候经常用的符号是什么？

答："！"和"！！"

问：你喜欢什么样类型的女孩子？

答：我会先喜欢上她的女孩子，就是我喜欢的女孩子
的类型。我现在还没有特别喜欢的女孩子的
类型。

问：你的恋爱格言？

答：没有必要结婚！

大野　智

问：你喜欢的措词是什么?

答：GO! GO! GO!

问：你的宝物是什么?

答：自己。

问：你为什么加入娱乐圈?

答：我妈妈把我的简历寄到了杰尼斯事务所。

问：你喜欢的艺人是谁?

答：邦·乔维。

问：你什么时候会因为感到有"岚"队友而很高兴?

答：我跟其他队友偶尔见面的时候会很高兴。我们都
　　很兴奋。

问：我很喜欢看你唱歌和跳舞。你喜欢唱歌还是
　　跳舞?

答：跳舞。跳舞对身体好，而且出汗，所以很舒服。

问：我怎样才能画得像你那样好?

答：模仿别人。一直临摹别人的绘画，坚持练习下
　　去，到时候会画得很好。

问：你什么时候加入杰尼斯事务所的?

答：1994 年 10 月 16 日。

问：你尊敬的前辈是谁?

答：“少年队”。

问：请介绍一下你独立的工作。

答：我主演了戏剧《转世熏风》第三部。这部戏12月2日至20日在东京青山剧场上演，12月24日至28日在大阪厚生基金会馆艺术厅上演。

问：请用关键词形容一下你2007年的目标。

答：2007年的关键词?! 怎么说呢？……是"BA-KA——傻瓜"。（笑）我更想当傻瓜。我认为自己做傻事的时候很轻松、很快乐。（笑）有一次我跟朋友聊起过去的时光。我们以前玩的事情都很傻，可是很好玩。（笑）

　　我希望在平时生活的时候不用太紧张，所以我想先对大家宣布一下我就是傻瓜，这样生活起来更放松更快乐。所以我2007年的目标就是当"BAKA——傻瓜"！

ARASHI
"岚"

第二编

"岚" 的五大事件

松本润的五大事件

松本润 2005 年非常投入的五大事件

1. 东京 SERESON DELUXE 剧团

松润今年最感动的事件是东京 SERESON DE-LUXE 剧团演出的作品。这部剧本的内容一开始让人觉得是严肃的故事，但是故事中添加了喜剧的因素，最后的结果是悲剧。舞台上展现出了各种各样的戏剧因素。

松润说："这次我看的戏剧是《花样男子》剧作者写的小品，是东京 SERESON DELUXE 剧团演出的。这部作品好极了！我看的节目是《小丑》。这个作品很严肃，但是很好笑，而且会让人哭。我看戏的时候一会儿大笑一会儿流泪。我真的佩服作者这么绝妙地展开故事情节。如果有机会，我还想去看看他的其他作品。我还想推荐给你们看这部戏剧。肯定你们也会觉得很好看！"

2. 《花样男子》

这次采访的时候，松润正好在拍《花样男子1》。他每天都带着剧本，剧本封面上印着彩色的《花样男子》漫画图片。

松润说："我每天都带着《花样男子1》的剧本。我正在拍这部戏，随身带着剧本是应该的，而且剧本本身也非常可爱！封面上印着漫画，与书店里卖的同名漫画书的封面一模一样。一般的剧本的封面都只是在单色纸上打上剧名，但这个剧本不一样，是彩色的，虽然大小不一样，但是非常像漫画书，所以我非常喜欢！（笑）这次拍戏时，现场有很多同龄演员参加演出，所以我很乐意拍这部戏。"

3. 摄影师 BRUCE WEBER

这次采访的时候，松润提到了摄影师 BRUCE WEBER 的摄影展览，说他的作品非常好！很酷！松润原来想买他的作品，但由于价格太贵不得不放弃了这个愿望。

松润："上次我去了 BRUCE WEBER 的摄影展览。他是拍了卡文·克莱（美国著名时尚设计师——译者注）的广告以后出名的。他拍的照片都太酷了！真的不一般。尤其是他拍的雷·查尔斯，还有麦当娜、瑞凡·菲尼克斯等好莱坞明星的照片，真的很好。我想买回家摆在我的房间里，但是价格太贵了！所以只能现场看看，很可惜。"（苦笑）

4. 日本流行歌曲（J-POP）

一次，松润在电视上看到了著名歌手山崎将义的独奏独唱，再次意识到日本流行歌曲的价值。他觉得"南方之星"（日本著

名音乐组合——译者注）的《恶魔之吻》，非常酷，以后还想听 Checkers（日本著名音乐组合——译者注）的歌曲。

松润说："我最近经常听日本流行歌曲，尤其是听山崎将义和'南方之星'的歌曲。前段时间我在电视上看到山崎将义的独奏独唱，觉得他非常酷。我还买了'南方之星'的经典版唱碟。他们的音乐很好听。我曾有机会跟 Checkers 的藤井先生见面，所以现在我想听听他们的音乐。"

5. 沙拉和家常菜

松润的第五大事件是沙拉和家常菜。他说现在很喜欢吃沙拉拌菜，不太吃米饭和面食。

松润说："吃饭的时候如果从蔬菜沙拉开始吃的话，吃多少都吃不饱。"

他还说："我比以前米饭吃得少，但是我吃很多菜，我觉得这样可以摄取很多营养，尤其是吃肉和鱼这些主菜之前吃蔬菜沙拉的感觉很好！以前我很少吃蔬菜，总是先吃主食，基本上没怎么吃蔬菜，但是现在我吃沙拉的时候感觉是最幸福的时刻。（笑）我吃

饭时从沙拉开始吃，可以吃多少都没问题，有好像变成了饭桶的感觉。"

松本润 2006 年的五大事件是什么？

1. "差点累死"

"对我来说，这次《白夜的女骑士》（舞台剧——译者注）的工作超过我的体力极限，差点累死。如果我再继续做演戏工作，可能就真的累死了。（苦笑）但是有了这次经验，以后不管碰到什么样的困难，都可以克服了。我认为这次的经历是我 2006 年最大的收获。"这件是松润的第一事件。

2. "还想拍电影"

"我拍电影《妹妹恋人》的时候，对每一个场面的拍摄都非常精心。我觉得很新鲜。三个星期的拍电影时间，好像一刹那间就过去了！今年还拍了我们五个人的电影，可这部电影中我出镜比较少，所以我还想再多拍几个场面。"松润的第二件事是还想拍电影。

3. "我们一直在一起"

"我们五月份出版《绝对没问题》以后一直在一起。我们一起拍电影，然后是演唱会的排练，还有亚州巡回演出、媒体见面会等等，也是五个人在一起。上半年我们各自单独的活动比较多，所以更有我们一直在一起的感觉。"

4. "我一定坚持"

"我从 2005 年开始玩冲浪，2006 年一年里已经去了五、六次，但感觉还是玩得不怎么好。我觉得冲浪本身就是面对自然的运动，所以应该不是那么简单易学。这一点也是我最喜欢冲浪的原因。"

松润今年也要继续去海边玩冲浪。

5. "一段时间里'岚'成员只有四个人"

"我刚听到 Nino 要去洛杉矶的消息时感到很意外，第一个想到的问题是'这是真的吗?'但又一想，Nino 这次面对的挑战一定会对我们'岚'成员也带来很好的影响。而 Nino 从美国重返我们五人组

合的时候，更加珍惜我们的团结了。"

松本润的五大"癖好"

1. 把"怎么说呢"当连词用

我说话的时候经常会说"怎么说呢?"第一次有人向我指出我有这个习惯是在大约两年前。一开始我不承认有这个癖好，但是开始很注意听自己的说话了，结果发现我说这句话的频率真的极高。（苦笑）我第一次承认自己有这个癖好是在广播录音中间。当时我很注意地说着话，但是不知不觉又带出这句话来了，说出来以后我立刻就想到"啊，又说这句话了"、"哦! 又说了!"（笑）。我后来发现，在说话中间，我在考虑接下去说什么话题的时候会习惯性地说这句话。由于是在不知不觉中说的，所以我在做自己的广播节目这种精神很放松的情况下，会连续地说这句话。

在这次访答当中也用得很多呢……

2. 无意识地摸鼻子

我总是无意识地摸鼻子。每次自己注意到的时候，手已经放在了鼻子上了。我原来就有摸脸的癖好，但是后来有了一些变化，摸的部分限定在了鼻子上。我摸鼻子的方法各种各样，最喜欢的是用手指捏左右鼻孔的上部。别人看到我这样时会误认为我在挖鼻孔，所以我想尽量改正，但是改不过来呢。（苦笑）

另外我经常做将食指横着放在鼻子下面的姿势，就像漫画里的主人公在不好意思地笑的样子。我做这个小动作的时候并不是不好意思，就是闲得无聊。

3. 走路有点怪怪的

经常有人对我说，你走路的样子有点怪怪的，拍戏的时候也有人提到过我走路的声音怪怪的。我仔细注意了一下，发现我走路的时候脚后跟会在地上擦一下。一般人走路的时候是先将脚后跟着地，然后过渡到脚尖，再到地面，所以会有"咔提"的声音。而我走路的时候是脚后跟先擦地，然后到脚后跟，再到地面，最后是脚尖，所以会发出"咔、咔提"的声音，跟别人的不一样。我也不知道是从什么时候开始这样的。［二宫插话：从 Jr.（英文 Junior 的缩写，在

这里为杰尼斯事务所旗下未正式出道的少年艺人的总
称——译者注）的时候开始的！再准确地说是从他
开始穿'96'的鞋以后养成这样的走路习惯的。]
哦！原来是这样的。（笑）怪不得我的鞋后跟都磨得
很厉害呢。

4. 跟生人见面的时候看从头到脚

一次有人告诉我，说我跟人初次见面时，有将那
个人从头到脚看一遍的习惯，而且我还带着怀疑的表
情。我倒不觉得自己有这样的习惯，可另外一个人也
说了我有这种习惯。我自己觉得这样做不太有礼貌，
所以肯定自己没有这种习惯。但是我再想一想，发现
自己确实有盯着看第一次见面的人的习惯。不过，我
跟别人第一次见面时盯着看不是向人寻衅，而只是在
想"这个人是个怎样的人呢？"好奇而已。

但是别人提醒我，说我这样盯着对方看，会让对
方很不好意思，所以我要改掉这个坏习惯。（苦笑）
真的需要改这个习惯。

5. 反复说"不能达成！"

刚刚我的经纪人指出我还有这个口头禅，经常说"不能达成！"我经常这样说吗？（这时经纪人插话说："刚才你跟朋友打电话的时候还在反复地说'不能达成！'"）真的吗？（大笑）我也不太明白，我跟朋友之间要达成的事情是什么呢？（笑）是不是不能达成等于不可能的意思？我不太用"不可能"这种表达，所以我说的"不能达成"应该是"不可能"这个意思。我今天才发现了我自己的口头禅。我发现自己没有意识到的癖好有好多呢。（苦笑）

二宫和也的
五大事件

二宫和也 2005 年 "注意力超级
集中" 的五大事件

1. 游戏

《勇者斗恶龙》刚面市的时候，喜欢电脑游戏的 Nino 特意请了个假，在家里熬夜玩了三十多个小时。Nino 的名言之一是——"我在玩游戏的时候，哪怕胳膊骨折了我也不会注意到的。"

"我在玩游戏的时候，注意力超级集中。上次开始销售《勇者斗恶龙》的时候，我请经纪人准了我两天假。我在那两天之间一天十五个小时一直打游戏，一共打了三十个小时！我妈妈一再提醒我吃饭，不得已我停下来吃点东西，但是我打游戏的时候一点也不觉得饿，胳膊哪怕骨折了也不会注意到，会继续玩游戏。"（笑）

2. 写剧本

2005 年一年里 Nino 一个劲儿地投入到写剧本中去。他在休息日时先用手写，然后在电脑上誊清。让我吃惊的是他写剧本的时候不吃不喝。真佩服他的超级注意力集中。

"最近我常常在休息日写剧本。我以前也写过，但是大部分都丢掉了，所以要重新写。我写剧本的时候一般是先用笔写，然后用电脑誊清。如果直接用电脑写，第一是不能随便地写，二是我觉得剧本的内容可能会冗长乏味，所以是先用手写，因此写剧本的时候经常犯腱鞘炎。我一开始写，就会不休息地一口气写下去。写剧本的时候，妈妈会再三地让我吃饭，但是我不吃，反正我得了腱鞘炎，不能拿碗，所以不能

吃饭。"（苦笑）

3. 作曲

Nino 作曲的时候常常忘记了时间。他非常重视演唱会的时候表演的"大宫 SK"（指大野智和二宫和也表演的名为"粘贴"的节目——译者注）这个环节的歌曲，所以把所有的精力都放在作曲上。

"我作曲的时候时间过得很快。在音乐数据上输入打兰、吉他、钢琴等等声源。我做这个工作的时候感觉一刹那就过了十五、六个小时。今年夏天的《大宫 SK》歌曲也花了很长时间才做出来。我作曲的时候考虑了很多，从一部分反映来看那首歌确实很酷，因为我在一个小节里输入了四到八种声源，我认为在我最近写的歌曲里它是最棒的。"（笑）

4. 戏剧

这次采访的时候，正好 Nino 看了"袜子男人剧团"的戏剧、"岚"成员相叶君演出的戏剧《天保十二年的莎士比亚》。Nino 特意提到《天保十二年的莎士比亚》中的演员藤原龙也君的事情。

"近几年秋季我看了很多舞台剧。比如'袜子男人剧团'的戏剧、'岚'成员相叶君演出的戏剧《天保十二年的莎士比亚》等等。我还没有与《天保十二年的莎士比亚》演员藤原龙也君在工作上合作的机会，但他见到我的时候总是非常亲切随和地同我说话。这次在看舞台的时候，也是他对我说看完后要将感想告诉给他，可是那天我时间不够，没能去找他，所以想借此机会对他说：'龙也君！我觉得你那天的演出充分表现了你的表演实力，非常棒！'"

5. 聚会

Nino 说："与年轻人一起聚会的感觉，不如与年纪大的前辈们在一起的感觉舒服。还说："跟前辈们在一起吃饭，我会忘记时间。"（笑）

"奇怪的是有很多老人在一起时，一定会提到自己的头发变少这个话题。提到这个话题时，大家对我说：'年轻的时候要吃得好一点，不然以后会后悔的！'还会说：'你的头发以后也会……'等等。都这样威胁我。高桥克美先生还对我说：'你跟我二十岁的时候一模一样！'我都不知道说什么好。（苦笑）

不过，对我来说这样的聚会比我跟年轻人在一起时更合适，感觉很好。"

以上是 Nino2005 年"注意力超级集中"的五大事件

二宫和也 2006 年的五大事件是什么？

1. 在美国体验单身生活

"我在美国拍电影的时候，第一次体验了单身生活。一开始的时候我很努力地用英语交流，但过不久就放弃了，因为我发现用肢体语言来表达自己就可以交流了。一次我去洗衣房洗衣服，我不知道该怎么使用机器，于是我用肢体语言跟服务员交流，结果就克服语言障碍了。"（笑）

2. "从早上到早上"

"我拍《黄色的眼泪》的时候，每天从早上九点钟开拍一直工作到第二天早上六点钟。拍电影之间，我还要另外拍电视节目，所以真的很辛苦。我拍这次电影之前拍了《硫磺岛来信》，在很短的时间内，我在拍戏时体验了战争中的日本和战后的日本。这事给我留下了深刻的印象。"

3. "我当了'黑'"

关于第三件事情，Nino 这样说了："我很喜欢看《恶童》（漫画改编剧场版动画片《恶童》2008 年获日本第 31 届电影学院奖年度最优秀动画作品奖——译者注），所以很高兴参与这个工作。这部电影里的飞行员是我的一个朋友给配的音，所以我觉得参与这个工作是有缘分。有一件事情让我感到意外：我接这个工作之前自己曾想过，如果自己参与配音工作的话，肯定是给小白配音，没想到我最后是给小黑配音了。我真的感到意外呢。"

4. "不方便的光头"

"因为拍连续剧的原因，我剃了光头，这给我的生活带来很多的不方便：晒到太阳时觉得非常热，洗淋浴时觉得开水很烫，不小心撞了头时很痛，都不是一般的痛。我这次还发现穿高领衣服的时候，如果没有头发，头部的肌肤会剐上衣服，穿衣服都不顺当。

这事还真是没有想到。"（笑）

5. "原因不明的病"

"我拍《黄色的眼泪》的时候，得了原因不明的病，腹部、头部、眼睛都很痛，去医院打点滴也没治好。可有一天我试试吃了在药店里买的头痛药，没想到马上就好了！真不要小看药店的药呢。"（笑）

Nino 到底得了什么病呢？

二宫和也2007年最想做的五大豪华体验

1. 在便利店用一万日元纸币买口香糖

"谁都会想，如果我有钱，会做什么事情呢？借这个机会，我在这里公布如果成了有钱人我想做的事情。第一呢，在我的印象里，有钱人是不带零钱的，钱包里塞满了一万日元纸币。（笑）所以，当我只买十日元的东西时候，给一万日元纸币售货员结账。

这样是不是像有钱人？便利店里有卖十日元的口香糖，很便宜的小点心吧？我想在买这些东西时用一万日元纸币，这样结账的时候服务员会想到我是有钱人。（笑）这只不过是自我满足而已。"（笑）

2. 买彩票一定中奖！

"说实话我每年都买年末的巨型彩票和其他彩票。我每次都买一万日元彩票，到了中彩发表的日子马上就查一下自己的号码，但是每次都没有中，让人心情沮丧。（苦笑）我觉得没有中彩不但损失投资的钱，而且感到很遗憾。所以我如果有钱了，就要去买巨额彩票，然后就想能中大奖。我想体验一下中大奖的滋味。这不是钱的问题，有意义的是中了奖这件事本身。"

"为了体验一下中奖的滋味，花了很多钱买彩票，这是非常奢侈的行为吧？"

没错！很奢侈吧？

3. "从这里到这里……"

"我上次拍电视节目'岚的作业'的时候，身为

模特的亿万富翁女儿的真理江小姐作为贵宾来到我们的节目。

"那个时候她提到她爸爸的事情。他在高级名牌店买东西的时候，指着产品对服务员说：从这里到这里我都要。我听了这些话想，这就是有钱！只有有钱人才能这样买东西。我只要有一次也可以了。真想这样买东西呢。但如果这样买东西的话，会买太多衣服的，将来不穿的衣服也一定会多了。（笑）如果衣服太多了，我会大方地送给朋友们。我给他们的时候会这样说：'这些衣服我都没穿过，你喜欢的话，随便拿吧！'这样会不会很帅？"

4. 用一万日元纸币做床睡觉

"如果我当上了亿万富翁，就想用一万日元纸币做个什么东西，就好像漫画里的世界一样。（笑）比如说把每一百万日元纸币捆起来，用它们摆成床的形状。不过，这个床肯定很硬，会睡得不舒服的。（笑）但是会很结实吧。

"还要用一万日元做成枕头和被子。（笑）完全不现实，只是愿望而已。我好像一直在说着没有实现的愿望，但随便说说我想象中的世界的事情，可以吧？"

5. 想一瞬间填满一百万元储蓄箱

"有专门存五百日元硬币的储蓄箱吧？如果五百日元全部存满了就换存一百万日元的箱子。我从两年前开始用那种存五百日元的储蓄箱。我为了天天存五百日元，找钱的时候跟服务员说要五百元。我每天很勤勤恳恳地存钱，可是相当费时间呢。（笑）到一百万日元还差很多呢……可我很想看看储蓄箱全满了的样子！这是我的愿望。（笑）

"另外，这个愿望中还要特别加上我要跟朋友比一比哪个存钱快一点。我呢，要在这个比赛开始的第二天就去银行把一百万日元换成两千个五百日元，一下子就将储蓄箱填满，然后很得意地跟朋友说我赢了。

"就这样。"（笑）

相叶雅纪的五大事件

相叶雅纪2005年五大"自恋"事件

1. "晴天走十四号线"

相叶君说喜欢在本地附近的十四号线开车的自己。他说从挡风玻璃照进来的阳光非常舒服,还说在这里开车的时候,哪怕堵车也不怕。

"我很喜欢在白天本地十四号线开车的自己。这条路没什么特别的,但是我喜欢从挡风玻璃照进来的阳光,很舒服呢。我在这条路开车的时候,哪怕遇到堵车也不会太在意。最主要是要有阳光，所以只限于在晴天开车。最近我喝酒的机会多了，自己开车的机会少了，所以更加想念十四号线呢。"

2. "错过剪指甲机会"

有人告诉相叶雅纪"做重要的事情之前不可以剪指甲"以后，他经常错过剪指甲的机会。他非常在意日本民间流行的"晚上剪指甲，父母去世的时候见不上面"的说法。

"我每次都会错过剪指甲的机会。尤其是CITYBOYS的北郎先生告诉我说做重要的事情和需要集中注意力时不能剪指甲之后，我就更加多地错过剪指甲的机会了。因为要按照他的说法来安排剪指甲的时间的话，我只有休息之前可以剪指甲呢。另外，日本还有一种说法：如果晚上剪指甲，父母去世的时候就见不上面了。是吧？可是我白天时没有时间会去想到剪指甲的事情，只有到晚上时才会想起，所以我最近对剪指甲这事很烦恼。"

3. "皮肤晒疼很痛苦"

相叶君一般来说对疼痛是很有耐心的，但唯独对太阳灼伤皮肤的疼痛无法忍受。有一次他为了给皮肤降温，涂了专门用于消热制冷的药，反而感冒了。

"一般来说，我对疼痛是很有耐心的。但是我却不能忍受皮肤暴晒后的疼痛。那种疼痛实在是很难忍受呢！皮肤接触到衣服时很痛，晚上睡觉时碰到被子也很痛……而且至少三天都痛感不减。受到太阳暴晒等于是轻度烫伤吧？当然会很痛。我很喜欢户外活动，但每次晒了太阳后都很后悔。

"我有一次专门抹了用于暴晒后涂抹的制冷药，可抹了以后觉得非常冷，所以不喜欢用。上次我抹那个药还感冒了呢。"（苦笑）

4. "喜欢用做鳗鱼饭用的酱拌米饭吃"

相叶君喜欢吃鳗鱼饭，但他说即使没有鳗鱼只要米饭和酱就非常满意了。他很喜欢吃有味道的米饭。这次他讲到了对过去吃干紫菜末时光的怀念，其中谈到了对有味道的米饭很感兴趣的事。

"我很喜欢把鳗鱼饭用的酱拌米饭吃。我当然喜欢鳗鱼，但更喜欢那个酱，没时间的时候，我经常就只用真空包装的鳗鱼酱汁放在米饭上吃呢。我一直就喜欢有味道的米饭。我还喜欢红小豆糯米饭和放干紫菜末的米饭。我现在想起上学的时候，我们班的一个同学带来一瓶干紫菜末，午饭的时候大家聚在一起要他的干紫菜末吃。"（笑）

5. "很想用一下消防器"

以前在学校进行防灾训练的时候，每年都会选一个学生来试用消防器。相叶君曾经很想成为这个学生，体验一下使用消防器时候的感觉呢！但是这个愿望没有实现。

"我很想试试消防器！我想体验一下灭火泡沫喷射出去的时候会有多大的力量传到我的手上。每年学校的防灾训练时，会选一个学生来体验消防器。我的学校也是每年由老师选一个学生来试用。我每年都非常期待能被选上，但一直到毕业也没有实现这个愿望，到目前为止也还没有。不过仔细想一下，如果真碰到要使用消防器的情形，我会觉得害怕呢。"

相叶雅纪 2006 年的五大事件是什么?

1."很久以后五个人一起出演"

"《黄色的眼泪》是从拍了电影《生活辛苦才快乐》很久以后五个人一起出演的电影。我们有两年时间没有在一起拍电影了呢。2006 年里,我们'岚'的队员基本上一直在一起。在这样的情况下,我们拍这部电影是非常有意义的事件。另外,我能够认识犬童导演,跟他一起合作,也是让我兴奋的一件事呢。"

2."不能飞的鸟"

"我拍'孙孙岚'特别节目时体验了'鸟人',这件事也给我留下了深刻的印象。那只'飞鸟'以前有飞行一百米的记录,可那天我试飞时它只飞了六十厘米……它从十米高的地方头朝地栽下来,受到撞击后我

的手和腿都受伤了。"

相叶君苦笑。

3. "光叫名字"

"我们去亚洲的时候注意到了，粉丝叫我们的时候，只有对我光叫名字。（笑）

"我对国外人能认出我已经很吃惊了，他们还能叫出我的日文名字'相叶'，所以我更吃惊了。回想起来，我在台湾吃饭的时候，服务员对我说：'相叶！再见！'我感到很有意思。（苦笑）相叶……亲密朋友可以光叫名字，是吧？"

4. "看了两次 *X-MEN*"

"拍电视节目'天才！志村动物园'的时候，我第二次去非洲外景拍摄。在非洲，你能看到地平线，晚上的天空里有很多星星。我觉得那边是非常好的地方，但是……非常远！坐飞机需要二十个小时。我在飞机上看了两次 *X-MEN*（美国电影《X 战警》——译者注）。"（苦笑）

真的好远啊！

5. "我坐了风筝"

"我做'G 的岚'特别节目的时候坐风筝飞上了天。对我来说这是件非常难忘的事情。因为很少有机会坐风筝吧。(苦笑)

"坐风筝时我觉得降落时比上去时让人害怕得多。因为降落的速度非常快！我很庆幸自己那天没有受伤，平安归来。"

相叶雅纪 2007 年最不可思议的五大体验

1. 相叶的弟弟揭开鼻子下面凹处之谜！

"我从很小开始就对身体的各个部位觉得不可思议。这里是鼻子下面的凹处。我不知道为了什么理由鼻子下面要有凹处？有什么目的呢？人如果生存下去，鼻子下面那个凹处意味着什么呢？比如说，胳膊肘处的皮肤怎么拧都不会疼，这就是胳膊肘的好处。但是鼻子下面的那个凹处呢？它有什么好处呢？这件事我真搞不懂。对这件事情，我弟弟跟我的想法很一致。他调查了一下，调查结果是这样的：人生出来的时候，上帝会给你打上印记，你是男生，你是女生。这个印记就是鼻子下面的凹处。上帝用自己的手指压住人的鼻子下面，留下了男女区别的印记。（笑）不知道我弟弟从哪里找到这个结论的，这是我觉得最不可思议的事情。"

2. 住了不吉利号码的病房！

"我前段时间住院了。我介绍一下那次不可思议的体验。通常我们住院的时候会在意病房的房间号码的吧？而当时我住院的病房的号码竟然是427。这件事让我非常吃惊。因为这在日文中是'去死吧'的意思，对吧？（苦笑）我发现这件事后非常难受，觉得很不吉利，所以把房间号码牌卸下来偷偷放在护士工作室。结果第二天发现有人把写着我病房房号的纸条贴在我病房的门口上，而且号码还写得很大很大。很不可思议吧！哈哈哈！"（笑）

3. 视力每天非常极端地变化着

"我的视力每天都有变化，而且变化的幅度很大。今天身体状况好，视力就好，状况不好，视力也

不好。就这样。（笑）我记得有一次视力非常好。那天我去更新驾驶证，进行视力检查。我也没有想到自己能看到视力表最下面一行，而且是下面没有光线时也看得到。我都不敢相信这是真的。是不是我有第六感？当我的状况不好的时候，排节目时甚至看不清站在面前的工作人员拿着的指示牌。也可能我当时很疲惫，所以看不到。（笑）不管怎么说，每天我的视力都会有变化，这是不可思议的事情吧?"

4. 发现了长得跟母亲很相像的亲戚

"别人经常对我说我长得很像母亲，我倒不觉得。亲戚们聚会的时候议论过我到底是像谁。大概十年前，我奶奶拿了一张照片给我看，那是奶奶的姐姐的照片。我一看吓了一跳，她长得跟我很像！她在年轻的时候得了胸部的病已经去世了。

"我加入'岚'组合两、三年后也得过跟她一样的病。恢复了健康以后我想，这次一定是她保佑我。我还曾经想我是不是她的转世呢。"

5. 从洗手间听到母亲大声喊叫

"这次我讲的不可思议的事件大部分跟我的亲戚和家人有关。最后我讲的这个是跟我母亲有关的不可思议的事情。

"我母亲很喜欢喝酒，但是一喝就醉，回家以后经常身体不舒服去洗手间。（笑）有一天我听到母亲在洗手间里大声叫喊，我马上过去看，看见水从净身式马桶里溢出流到洗手间的地板上。妈妈她已经喝醉了有点糊涂的样子，她还没弄明白到底发生了什么事情。（笑）这样的情况我已经碰到过两、三次了。我母亲为什么反复好几次做这样的事情，我觉得真是不可思议。"（笑）

樱井翔的五大事件

樱井翔 2005 年印象最深的五部音乐作品

1.《图画展览会》

古典音乐作品《图画展览会》（俄国古典音乐家穆索尔斯基的钢琴套曲——译者注）是翔君幼儿园时期第一次在电子钢琴汇报演奏会上演奏的音乐。他已经不记得当时弹得怎样了，但是很清楚地记得当时的情景。

"古典音乐《图画展览会》是我在幼儿园的时候第一次在电子钢琴汇报演奏会上演奏的音乐。那时应该是五、六岁吧。

"我现在也很清楚地记得当时的情景。我们四、五个人一起弹这首曲子。我的位子是在舞台的最左边，可以看到所有的观众，当时实在是很紧张，所以完全不记得弹得怎样了。（苦笑）为了那一次发表会，我练习了好长一段时间。有可能家里还留下了当时拍的录像带呢。"

2. 《我只为你乖》

雷·查尔斯（美国蓝调音乐家——译者注）的《我只为你乖》是樱井一家的经典音乐。他们兜风的时候经常听这首歌，每年夏天一家人一起去海边玩的时候，去回的汽车上也一直听这首歌。

"我们家每年夏天的时候去海边玩。这是我们家的惯例。我小时候去海边的时候在去回的车上放的音乐是雷·查尔斯的《我只为你乖》。当时在汽车上用磁带听音乐。'南方之星'的《我只为你乖》出来之前我已经听过雷·查尔斯的《我只为你乖》，所以我知道'南方之星'是翻唱雷·查尔斯的《我只为你乖》。

"另外我们经常听松任谷由美（日本女歌手——译者注）的《毕业写真》。但是这首歌不太适合在海边听。"

3. *To Be With You*

翔君开始喜欢西洋音乐的时候，第一次买的唱碟合辑有 Mr. Big（"大先生乐队"，美国著名重金属乐队——译者注）的 *To Be With You*。后来他很喜欢听这首歌。他上学的时候有一次参加滑雪活动，在住的宿舍里一直听这首歌。

"有的男孩子在小学六年级到上中学这段时间开始喜欢西洋音乐，我也是这样。

"我第一次买的唱碟合辑里有 Mr. Big 的 *To Be With You*。当时有学校组织的滑雪活动，我参加时把这张唱碟带去了，在宿舍里一直放着 Mr. Big 的 *To Be With You*。那个时候我听西洋音乐时感觉自己像个大人一样，有一种成熟的感觉。我还想吸引比我小的学生，让他们知道我是很成熟的男人。（笑）现在我也会一听到这首歌就想起那次滑雪活动。"

4. *BOY MEETS GIRL*

小室音乐（小室哲哉为日本著名音乐人，兼流行歌曲作者、歌手和音乐监制于一身，在日本流行乐坛成就非凡——译者注）等于是翔君的青春，尤其是他听到 TRF（小室哲哉旗下舞蹈组合——译者注），就想起了艰苦的足球集训。

"TK（即 komuro tetsuya 小室哲哉——译者注）的音乐就是我们的青春！尤其是 TRF 的 *BOY MEETS GIRL* 让我想起了中学二年级时的足球集训。集训时我们非常刻苦，没有时间听音乐，但是那时正好有一段电视饮料广告中有这首歌，所以经常能听到。我现在也会一听到这首歌就想起了集训时的足球场。当时觉得艰苦的训练，现在再想起来还是很好的回忆呢。"

5. *PGF*

翔君加入 Jr. 以后第一次出演的节目是在"音乐站"上随伴跳的"少年队"演出 *PGF*。那个节目播出的时候，他在家里做了录像。

"我第一次上电视是出演有线卫视台的节目。那台节目是'音乐站'。那时我跟在'少年队'后面伴舞。那首歌是 *PGF*。后来我想，第一次上电视的时候，能在'少年队'后面伴舞是非常荣幸的事情吧。当时我尽量不想引人注目，所以在最边上跳。但是电视播出这次节目时，我自己又在家里录下来了。看录像带的时候，当 Jr. 快出现在画面上的时候，我就马上使用'暂停键'，找我自己。"（笑）

这样的情况下，肯定暂停画面吧。

樱井翔2006年的五大事件是什么？

1. "一天来回一趟北海道"

"我的五大事件第一个是大家都知道的2006年个人演唱会最后一天的事。那天天气不好，我坐的飞机无法在札幌降落，所以不得不返回羽田机场……那天没开成演唱会，我现在想也觉得很遗憾。

"我希望还有机会去札幌，完成一次演唱会。"

2. "'岚'的私人飞机"

"巡回演唱的时候我们去了亚洲好几个国家,这件事情给我留下了非常强烈的印象。我们乘坐私人飞机,一天之内巡游亚洲三个国家。这次行动真的不是一般的事情。(苦笑)还有,那天我体会到了海外粉丝的温暖。真的是令我们难忘的一天呢。"

一天去三个国家,真是厉害!

3. "当了新闻报道员!"

"我曾经在 NEWS ZERO 节目里做新闻报道员呢。我喜欢做报道员这段时光,觉得很充实。我不仅仅是参与现有的节目,还做提案企划呢。我的企划还被采用了,做进了节目中。我从零开始实实在在地参与了整个节目的设计制作,这种感觉在其它节目中是得不到的。

"以后我还要努力表现得更好。"

翔君做得好!真佩服他。

4. "黄金时段播出"

"第四件事是'岚'的'G的岚'节目在黄金时段播放。实际上，这件事应该是 2006 年'岚'的最大的事件吧。我们的节目过去一直是在深更半夜播放的，所以对我们来说，改在黄金时段播放我们的节目是一个非常好的机会。制作节目的时候，现场的气氛也跟原来的大不一样。我们的信心大为增强。"

5. "电脑出乎意外地结实"

"夏季演唱会的时候，我随身携带的电脑变形了，而且几天前我不小心把电脑从椅子上掉到地上，电池掉了出来。我根本没有想到居然这台电脑接上电源还能使用，好像是有鬼在玩耍着电脑一样。（笑）这台电脑是我刚刚新买的，所以我还是坚持再用用吧！"

樱井翔 2007 年五件在家里的
最喜爱的东西

1. 用家庭影院玩游戏

"我演出《关口宏的东京朋友公园》的时候，他们送给了我一套家庭影院。他们只送了喇叭，其它的东西是我爸爸买的，他买了以后在家里组装起来。装好后我马上就试看了。效果非常棒！看电影是这样，我弟弟还告诉我说用家庭影院玩游戏的感觉也非常好，我于是也试了试。真的是很好！我现在把 Nino 给我的游戏机接到家庭影院上玩，很不错。最近跟弟弟一起玩《龙珠》的时候，我们用《木更津猫眼》里 ani 的语调说'打死你！'我们这样互相喊着玩呢。"（笑）

1. 仰慕的漫画家的签名

"我有《坊君》（日本漫画名——译者注）的小林义宪先生的签名和《这里是葛饰区龟有公园前派出所》（日本漫画名——译者注）的秋本治先生的签

名。这些也是我的宝物。我小时候很喜欢看《坊君》。当时漫画家小林先生去的牙科诊疗所是我母亲的朋友开的，所以我请求他帮我索要小林先生的签名。小林先生给了我签名，还在美术纸笺上画了《坊君》，还在旁边写了我的名字。我看到这个签名后非常兴奋。《这里是葛饰区龟有公园前派出所》的秋本治先生的签名是我开始工作以后拿到的。漫画家给我的签名上都画了漫画，所以让我非常兴奋，跟一般的签名还真是不一样呢！"

翔君很兴奋地介绍他喜爱的东西。

2. 朋友送的礼物

"我的朋友为我开生日派对时给了我一封大家在一起合写的信。在我的一张很大的照片的右边写上了二十五个朋友的祝词。那张照片是我去年在圣诞节派对上做 DJ 的时候照的。

"这封信让我特别高兴，所以摆在我的房间里呢。对了，我现在想起很久以前'岚'队友送给我的礼物。大概是在四年前吧，他们四个人去箱根玩，给我买了一个纪念盘子，还在盘子上签上了各自的名

字呢。那个礼物也摆在我的房间里。我一看到这个盘子，就感觉到'岚'队友们的爱。"（笑）

3. 我弟弟和妹妹风格相反的书法作品

"在我家起居室的墙上挂着我妹妹的书法作品。她写的字是'龙'。我不知道为什么她要写这个字，但是她写得非常好，从这个作品里能看到动人的力量。还有我弟弟写的书法作品也很好！我觉得对比这两个作品非常有意思。（笑）我弟弟的作品还在学校组织的展览会上得了奖。有一次我对弟弟说他的这幅作品看起来不太认真似的，好像在开玩笑，但我觉得很好玩。他冷静地回答我说这个作品很有味道，懂的人看的话，就知道。但我觉得他太不认真了，而且有点小看了大人的社会。"（笑）

5. 与 Nino 的合影做的屏图

"大概半年前吧，在为一本杂志工作的时候，他们把我跟 Nino 的照片做成了屏图。我把这幅屏图带回家挂在自己房间的墙上。是我们的全身照，尺寸非常大，而且很吸引人。照片上的造型是我开腿坐在

ARASHI

Nino 的两腿之间，是一个很糟糕的造型，（苦笑）但
是我还是很喜欢，因为很少有机会将自己的照片做成
屏图呢。这是很能让人自我满足的事情。顺便说一
下，Nino 也有这幅屏图，他挂在家门里面的墙上。"
（笑）

大野智的五大事件

大野智2005年"非常在意的五处身体部位"

1. 耳垂

大野君上小学的时候发现自己的耳垂非常小，从那时起他非常羡慕有很大的软软的耳垂的朋友。

"我最关心的身体部位第一是耳垂。我的耳垂非常小。我上小学的时候发现了这件事情，那时我非常羡慕一个有很大耳垂的朋友，会经常摸摸他的耳垂。摸耳垂的感觉很舒服，软软的。我自己的耳垂很小，摸起来不太舒服。但是我的耳垂下面的部分有点卷，

可以放进去米粒。很特别吧?"

2. 脚趾甲

大野君有一个癖好,他剪脚趾甲的时候除大拇趾以外都不用指甲刀,用手直接剥脚趾甲。

他说:"我很喜欢在洗澡以后剥自己的脚皮。我很喜欢摸自己的身体。"

"他还说:'你们每天会注意自己的脚趾甲吗?我觉得脚趾甲长得很快。我要在别人提醒我应该剪脚趾甲了的时候才去剪,或者会在趾甲长得太长把袜子磨破了时才想到要剪脚趾甲了。剪脚趾甲时,除大拇趾以外我都不用指甲刀,直接用手剥。我把脚趾甲从边上稍稍撕开,直接就可以剥开脚趾甲了。万一剥开太多也没关系,可以再用剪刀去修理。(苦笑)还有,我很喜欢在洗澡后剥脚皮。

"我很喜欢摸自己的身体。"

3. 膝盖上的大腿

大野君的弱点是怕被人触摸稍过膝盖处的大腿部位。对他来说,不止摸这个部位,就连别人把手放在这里也不能忍受。他说摸这个地方时感觉比摸侧腹还要痒！

"说实话，我对膝盖上面一点点处这个部位很敏感，这里是我的弱点呢。如果坐在椅子上被别人摸到这个部位，我就无法忍受，觉得比在侧腹挠痒还难以忍受。甚至是只要别人把手放在这个部位，我就无法忍受。因为我会一直担心他什么时候会摸到那里，想着想着就受不了了。（苦笑）有时候'岚'的队友们不知道这件事，他们无意中触摸到我这个敏感的地方时，我会痒得跳起来，让他们很吃惊。（笑）"

4. 嘴唇和指甲

大野君经常嚼指甲，还舔咬嘴唇。由于经常舔咬嘴唇，嘴唇皲裂，皲裂又去舔咬，弄得嘴唇皲裂得更厉害，就这样恶性循环。还有，他在学校上课的时候经常吃指甲附近的倒刺。他说："我经常咬嘴唇，我妈妈说我想吃东西的时候就会咬嘴唇。"

"我舔嘴唇，嘴唇就干裂了，然后我又舔那个干裂的部位，结果嘴唇干裂得更厉害了。就这样引起恶性循环。还有我经常嚼指甲。准确地说不是嚼指甲，

而是吃指甲旁边的倒刺。（笑）我在学校上课的时候觉得闲得无聊，就开始有了这个习惯。现在我很忙，没有空闲时间，所以没有再吃倒刺了呢。（苦笑）"

5. 刘海儿

大野君这次坦言，有次出演舞台剧《转世熏风》时，他所饰演的角色的装扮中要用布巾缠头。因为这次演出中经常要以布巾缠头，所以后来他的发际的一部分形成了一种不自然的卷儿。最近这个刘海的形状让他感到不如意，所以有点苦恼。

"我最近非常在意自己的刘海儿。我最近一直想把它立起来，不过说实话，我是想让刘海儿搭在额头上，可自从这次出演舞台剧《转世熏风》用上缠头布以来，我的发际的一部分形成了一种很不自然的卷儿，让我的刘海儿都立起来了。我将刘海儿烫成直发也不管用，马上就又会回到原样……我的刘海儿真的很让我头痛。我今天看到 Nino，他剪头发了，挺可爱，但是换我做他那样的头发就不行了。"

大野智君 2006 年的五大事件是什么？

1. 演唱会

"刚开始的时候，我还在想自己开个人演唱会是不是太早了，可结果发现这次演唱会开得很及时。由于这次演唱会，我可以表演武打，还可以演出 *Sammy* 中'我'的角色。（笑）在这次演唱会上，我自己想在演出中做的事都可以做了，所以觉得很满意。"

2. 《风》

"我已经决定了在 2006 年继续主演舞台剧《转世熏风》的《风》系列。我以为这还是很遥远的事情，没想到这么快就可以再演这个角色，真的很高兴。这次演出里还有功夫场面，以前没有演过，所以估计一定很难，但是做这个工作肯定很值得。我非常期待开始。"

3. "三期生"

"我决定用树脂做一百个小人，当我真的达成这个目标的时候，感到心情很振奋。为了实现这个目标，我在《黄色的眼泪》的拍摄过程中经常连觉也不睡赶做树脂小人。我的树脂小人作品分第一期到最新的第八期，每一期风格都不一样。我最喜欢的是第三期的。第三期的作品最帅最好看呢。"

4. 想起刚加入娱乐圈的时候

"今年由于有拍电影、开夏季演唱会、进行亚洲巡演等等事情，我们在一起的时间比较长。这让我想

起了刚加入娱乐圈的时候。那时我们'岚'刚组团，大家整天在一起。进行亚洲巡回演唱会的时候，我就跟第一次开演唱会一样紧张。我常常会想起当时的情景。"

5. 微醉雨伞事件

"有一次下雨天我跟朋友一起喝酒。我有一点醉了，喝酒后从餐厅出来，我把雨伞递给朋友时，把伞拿错了方向，拿在了雨伞的上部，所以雨伞里面的水

都酒在了我的身上！我的朋友捧腹大笑，我浑身都湿透了，很不好意思……就在一刹那间，我的酒就醒了。(苦笑)"

大野智 2007 年五大"最动心的"事件

1. 有魅力的杂货店

"我去买东西的时候很喜欢看看小玩具。小玩具很能吸引我。以前我去一家玩具店看玩具的时候，那家店的老板跟我说可以随便拿你喜欢的东西，我很不好意思，跟老板说我不能这样。老板又邀请我吃饭，后来我们成了很好的朋友。(笑)最近我买小玩具的机会没有自己做玩具的机会多。只是我想买原料，但很少有地方卖，觉得很遗憾。"

2. 别人表扬我做菜做得好

"过去我自己做菜时，做的时间很长，但一会儿就吃完了，觉得很不值得，所以不太喜欢做菜。但是最近我给别人做菜时，他们都对我说很好吃！所以我慢慢地喜欢上做菜了。上次我在朋友家做了炸虾，大

家高兴地说非常好吃！我做的配金枪鱼饭的酱也很好吃呢。做菜时我一般不看菜谱，而是自创菜式，所以在朋友家做菜时，一般不能作出同样的味道。"（笑）

3. 为了缓解压力

"除了做菜，我还很喜欢制造东西。除了用树脂做小人以外，还喜欢画画，前不久我还画了一幅黑白水彩画。我为什么这么喜欢创作呢？我上次开个人演唱会的时候自己担任企划和演出，我觉得好像是从那个时候起我开始很喜欢做带有创造性因素的事情。对我来说，创作是一种缓解压力的办法。下次我想挑战的事情是电焊。我想戴面具用电焊创作一件很大的作品。如果会用电焊，我可以做自己的舞台设备。（笑）"

4. 从小就喜欢钓鱼

"我从小就喜欢钓鱼，很过瘾。（笑）去年我去冲绳的时候，在海边钓鱼，没想到真的钓到了鱼。（笑）住在冲绳的三天时间里，我每天都去钓鱼呢。那边的海很漂亮，水很清澈，所以能够看到鱼被钓起来的瞬间。冲绳有一种鱼叫伊良部茶，是一种体积很大的鱼。下次如果再去钓鱼，我一定要钓伊良部茶鱼。为了这件事，我已经在打算自己做一个毛钩。"

5. 独自旅游

"我想做一个人的旅游。不是工作性质的，而是完全在私人时间内去旅游。对我来说，自助游非常有魅力。如果去旅行的话，一定要有两个星期。如果我去的话，会去朋友推荐的斐济，或者上次在新干线的杂志上看到的帕劳也行。去南方的小岛的话，我觉得可以非常放松。我一个人去也没问题。现在想想觉得可能会有点孤独，但是我可以在当地找新朋友。我想试试看。我可以与在玩具店初次见面的老板一起去吃饭，肯定没问题吧？不过，如果真的一个人去旅游，之前先要学学英语吧？"（笑）

ARASHI
"岚"

THE SHOW

樱井翔个人演唱会

2006 年 2 月 1 日　雅斯提拉会场

　　2006 年 2 月 1 日在雅斯提拉会场，樱井君在杂志的采访中说到了这次个人演唱会的事情。

　　"这次我想营造出一种观众到达会场那一瞬间就产生演唱会已经开始了的感觉，所以安排在会场的人差不多满了时及时关灯播放 DJ 歌曲。我还考虑了会场的气氛问题。为了营造出接近迪厅的气氛，我们在天花板上安装了玻璃球，演唱会开始之前放的音乐选的都是大家都熟悉的迪厅古典音乐。由于很大的音量放着自己知道的音乐，这样大家会很兴奋，会带出俱乐部和迪厅的感觉出来呢。"

关于服装方面，他这样说：

"这次演唱会之前我考虑了服装的事情，我觉得只有五、六种服装就够了。我的服装、伴舞的服装和负责音乐的人的服装都是我自己想出来的。我想一定要把 THE SHOW 放在前面引人注目。我的演出服是领子上装饰有毛皮的背心、篮球 T 恤和军裤，与我去迪厅时的打扮一样。演唱会时穿的服装有时我去玩的

时候也可以用呢。（笑）"

演唱会曲目

1. Dive in to the Sun

2. Lucky Man

3. 没有身高差别的恋人

4. 赤脚的未来

MC（指在演出中，演员和观众之间进行简短交流的环节，一般由组合里的主要发言人主持——译者注）

5. a. Introduction STORM Featuring（crazy ground）

　　b. Unti-Unti

　　c. Voice-Percussion

　　d. All or Nothing（vs survivor）

6. 我们现在谈谈爱情（wedding rap version）

7. Only Love

8. Where is the Love

9. a. Rainbow

　　b. 今夜两人世界

　　c. Dancers Section

d. Hey Hey Lovin，You

10. 画画（acoustic version）

MC

11. 钢笔指的方向（chapter Ⅱ）

12. 我们的歌曲（樱井翔、大野智合作）

13. a. 两个人的纪念日（rap full mix）

b. Thank You for My Days（gospel mix）

c. Choo Choo Train

14. 比语言重要的东西

15. 五里雾中

16. 樱花开

17. a. A Day in Our Life（psyche mix）

b. Yes？No（psyche mix）

"像舞会的 DJ 一样，我们把每首歌曲好听的部分连起来唱。顺便说一下，名单上的 wedding rap version 是两年前我跟 Nino 做的，说实话还没有做好，但这次演唱会上我想让大家听听，所以我将未完

成的部分与'岚'的歌曲混合在一起演奏了。"

　　这次他非常重视 *Where is the Love* 的歌词，在演唱会舞台屏幕上特意打出英文和日文的歌词。演唱会第四首歌唱完后，樱井君跟粉丝们打招呼。他一直对观众的摆手很在意，说："你们……有的人摆手的方向反了，这样有点不太协调呢！方向反了的人改一下吧！"他这样苦笑着对观众喊道。他还对观众说："这次演唱会七成是我跟工作人员做出来的，还留下三成要由你们大家来做，所以还请大家帮助我，好吗？"观众听到他这样说后，就好像回答他"OK"似的发出大声欢呼。接下来樱井君说起 *Touch Me Now* 这首歌创作的幕后故事。乐队成员 ha-j 先生坦言说当他创作这首歌的时候，先上网查樱井翔是什么样的人。樱井君听到这话后说："直接问工作人员我是什么样的人，就可以了吧。（笑）"ha-j 先生又说上网查了以后总算知道了樱井君是个肌肉男。樱井君说："我是个肌肉男!? 是什么意思？"然后大笑。经过就是这样，也就是说，ha-j 先生对樱井君的第一印象如同电影《木兰花》里的演员汤姆·克鲁斯一样。樱井君对粉丝说："那么是说我像汤姆·克鲁斯？是这个意思，对吧?"粉丝们开始有点不屑地跟他开玩笑，樱井君马上一边说"失礼了"，一边向粉丝们鞠躬。

另外，对跳舞，樱井君这样说："在迪厅跳舞的时候，我不太在意舞蹈动作，跟朋友一起跳舞的时候只是互相很自然地跳着同样的舞蹈动作……我很喜欢这样，所以也很想让粉丝们感受一下跟着音乐跳舞的感觉。我很重视与舞者的交流。"演唱会上像他说的一样，粉丝们都非常兴奋地跟着樱井君跳舞。那天来看演唱会的大野君说："气氛真的很好！我觉得翔君很擅长增强演出效果！我虽然跟他一起出演 *West Side Story*，但这次是第一次作为观众看他跳舞，感觉很新鲜。"

Extra Storm in Winter' 2006
大野智个人演唱会

2006 年 2 月 23 日　Zepp 东京

　　大野君这次演唱会的特点是一开幕就有 Air Band（空气乐段，指以模仿的方式进行无乐器演奏——译者注）部分。关于这件事，大野君这样说："Air Band 部分原来计划放在演唱会的后半部分，我跟工作人员讨论了很久后改为将 Air Band 放在最前面。大家都没想到这样实际上产生了很好的作用。我有很多想法，想在每次个人演唱会上实际去做。在东京公演的时候，Air 和 Air 部分连起来了。说实话，我的演

唱会一定要有 Air Band 部分，但是现在这部分增加了很多，让工作人员够受的呢。"（笑）

我们看看那天的节目单：

1. Air Band

　　（a）Air 吉他

　　（b）Air 小提琴

　　（c）Air 花火

　　（d）Airfly

　　（e）AirAir

　　（f）Air 两层跳

　　（g）Air 抢跑

　　（h）Air 狗

　　（i）Air 笑（1），Air 笑（2）

　　（j）Air 乐队

2. Opening 映像

3. Overture Dance

4. Walking in the Dance

5. 尽量

6. 樱花开

7. 《幕末蛮风》片断

8. Deep Sorrow

9. Jazz Dance

10. Size

11. 我们的歌曲（大野智、樱井翔合作）

12. Jr.（A Day in Our Life）

13. 2005 Summar Concert

 （a）以前的 Summer

 （b）秘密

 （c）梦想就可以了

 （d）W/ME

 （e）大宫 SK（映像）

14. Rain

15. Top Secret

16. "岚" 的歌曲

（a）比语言重要的东西

（b）Pika ☆ Nchi Double

（c）我只为你存在

17. Romance

18. 举手

（重复）

19. 我们现在谈爱情

20. Wish

演唱会中，大野君唱完爵士歌曲 Dice 后马上躺在了舞台上……"唱完歌后我觉得非常累。你们看……出了这么多汗，好像蒸过桑拿一样！你们允许我坐一坐吧……汗很多，流不完一样。我已经不知道自己是智还是 Sammy 了！"

大野君这样说着，但他的声调分明就是 Sammy 的。（笑）

听说大野君在演出和演出之间如果遇上休息日，整天都全身肌肉酸痛。这次演唱会上他经常强调说"札幌公演后有十天没有开演唱会了"。这句话他说了好几次，所以粉丝们每次听到他说"十天"这个词时就会大笑起来……

大野君说："你们为什么笑？真是搞不懂呢!"似乎有点不满。

演唱会结束后，大野君这样说："开幕的时候，我跟 Jr. 一起跳舞。我们的舞姿非常整齐。我一开始就跳得非常投入和卖力，否则粉丝们会投诉我的吧。（苦笑）最辛苦的是跳爵士舞，而且这次要跳两次，所以在第一首的 Dice 和 Size 中间加了 MC，这样我可以稍稍休息一下吧。"（笑）

另外，关于 MC，大野君这样说：

"我在 MC 的时候，想到什么就说什么。如果不说话，观众们就会向我发问，然后我就会回答他们的提问，这样下去，话题就会不知道跑到什么方向去了。我想抓住 MC 时间多说点东西，所以有可能说话说得稍快些。不过，不管我说什么，粉丝们看起来都很高兴，所以我也感到很高兴呢。"（笑）

还有，大野君这次特意模仿松润跳舞，尤其是在松润本人来看演唱会的时候精神百倍地模仿松润跳舞。松润看完演唱会后对大野君说："W/ME 最好！"大野君说："听到松润这样说，我很满意！"（笑）

樱井君也来看演唱会，看完后的感想是："这次演唱会的样式很新颖，说实话，我感觉到了过去的演唱会的样式很落后。（笑）当然，唱歌跳舞部分的表现真不愧是大野君。还有在幕末部分，我能感觉到演唱会对大野君来说是非常重要的。"

唱　碟

《绝对没问题》

2006 年 5 月 17 日开始销售

　　2005 年圣诞节之前开始销售的 *Wish*，由于做了非常充分的促销宣传，很畅销。然后是 2006 年开始销售的《绝对没问题》。在这里介绍一下 ORIKON 杂志就《绝对没问题》采访"岚"成员的事情。采访内容包括他们想通过《绝对没问题》这首歌和 PV（指视频——译者注）传达给粉丝们什么样的信息。采访部分内容如下：

　　樱井：队长，你有什么话吗？

松本：队长，你想通过这首歌把什么样的信息传达给粉丝呢？

大野：噢……没什么传达不传达的吧。

四个人：哈哈哈哈……（大笑）

相叶：我们好久没有被一起采访过了，我觉得还是五个人在一起更有意思。

大野：我觉得把气氛传递给粉丝们就可以了。

松本：同意！就唱这样的歌曲吧，一听到这首歌心情就会变得很好。

大野：听这首歌的时候不需要考虑很多东西，气氛好就可以了！

ORIKON 杂志：五个人之间这样欢快的气氛通过这首歌传递给粉丝们，心情不好的人听这首歌，心情也会变得很好！

大野：对吧？听这首歌不知不觉地心情会变得很好呢！

樱井：是不是都要依赖观众的心情？（笑）

大野：我们唱歌也很高兴吧。

松本：我很喜欢唱《绝对没问题》的这一部分……

大野：对，对。唱那个部分的时候，一定要按设计好的动作来做，把手指立起来斜着走。那个部分一定要这样跳。一开始的时候，我以为那个部分可以任意自由地跳。其实不是。教授我们舞蹈动作的老师说："一定要把手指立起来！"

相叶：但是那个部分是这首歌关键的地方吧？

松本：因为这首歌的名字也是《绝对没问题》嘛。

问：是不是演唱会上粉丝们也跟着一起做这个动作？

松本：大家肯定做的吧？

相叶：这样很好啊！

ORIKON 杂志：PV 上你们个人唱歌时的动作是自由发挥的吧？我觉得相叶君跳得最激烈。

相叶：我觉得很有意思。当时时间很晚了，为了防止情绪越来越低落，所以我特意跳得很激烈。

ORIKON 杂志：想养精蓄锐的时候，在卡拉 OK 厅唱这首歌很好吧？

樱井：气氛肯定会热烈起来！（他哼起了歌词："……到早上……"）这样肯定气氛非常好！！一定是

这样的。我们在卡拉 OK 店去点自助餐，尽情唱到早上五点钟吧！……

ORIKON 杂志：《绝对没问题》、《春风运动鞋》、《NA！NA！NA！》，这些歌都是关于春天、夏天想出去玩的内容。

樱井：这三首歌都很好，但风格都不一样。我想让粉丝们都听听。

松本：我很喜欢《绝对没问题》的 PV。制作的时候我们提了很多意见，最后的版本吸收了大家的意见，所以我们特别喜欢。

ORIKON 杂志：是吗？这是怎样的一个过程呢？

松本：大家从"这次怎么设计"这样的问题开始讨论。最开始时候的处理是完全不同的风格，PV上还附有礼品箱子呢。

相叶：对，对。最开始的时候感觉歌曲很可爱，只是虽然有故事，却不能清楚地传达给听众，我们有这样的感觉……

ORIKON 杂志：我觉得这次的画面也很有意思。

松本：对。队长经常在拍摄 PV 的时候故意做出些特别的表情，但是一般不会采用，都剪掉了呢。而

这次的 PV 上，我最高兴的事情是队长这些非常有意思的表情都保留了！很高兴！

樱井：PV 拍摄时，我是最后一个。拍摄的时候导演对我说"很寂寞啊"。我们在一起包括事先商量的时间总共只有三天，虽然时间很短，但是导演对我说这样的话，这件事给我留下了很深的印象。

二宫：拍摄的时候导演看起来很高兴呢。（笑）他很年轻吧？

松本：跟我们差不多年龄吧。

相叶：拍摄过程也很有意思。

樱井：我们太激动了吧？（笑）

松本：所以我们向大家推荐首发限量版，附加 PV 的唱碟！

樱井：但是我觉得普通版的三首歌曲的唱碟也很好！

二宫：好吧！让大家都买吧！

大野：怎么办呢？不能都买吧？买哪张呢？

樱井：你是不是真的买？（笑）

松本：大家选自己喜欢的一张吧。

相叶：两张碟里面都有《春风运动鞋》。电视广告上播过这首歌，听起来很爽快呢。

　　樱井：这首歌给人一种海的感觉。一听这首歌，就像到了海边旅游似的。真的，真的有"我们去哪里呢？玩什么呢？"这样的感觉。是这样的。

　　大野：这首歌真好。

　　相叶：我希望听众听了以后心情会变得很好。还有第三首歌曲 *NA！NA！NA！* 也很好！尤其是中间部分节奏有变化，听起来更好听。

普通版封面

首发版封面

《绝对没问题》
5 月 17 日发售

唱 碟

《岚》

2006 年 7 月 5 日首发

　　"岚"的唱碟 ARASHI（《岚》）7 月 5 日发表。唱碟制作的时间比较紧，听说队员们要在很短的时间里背会歌词，很辛苦。

　　《岚》（ARASHI）收录的歌曲如下：

1. WISH

（松本润主演的连续剧《花样男子 1》的主题歌）

作词：久保田洋司　作曲：大八木宏男　编曲：直角

2. Ranaway Train

作词：SPIN　Rap 词：樱井翔　作曲：Anyhony Little Rick Kerry

编曲：铃木雅也

3. Raise Your Hands

作词：SPIN　Rap 词：樱井翔　作曲：Stefan Oisson Tim Norell

编曲：安部润

4. 绝对没问题（"岚"代表歌曲）

作词：SPIN　Rap 词：樱井翔　作曲、编曲：Shinnosuke

5. Ready to Fly

作词：ma-saya　作曲：家原正树　编曲：石冢知生

6. 奶糖歌

作词：小川贵史　作曲：松下典由　编曲：高桥哲也

7. Cool & Soul

作词：SPIN　All rap presented by 樱井翔　作曲、编曲：吉冈拓

8. 启程的早晨

作词：SPIN　作曲：Shunji、Fredrik Hult、Jonas Engsrand　编曲：ha-j

9. I Want Somebody

作词：Axel G　作曲、编曲：Shuji、Stefan Aberg、Fredrik Hult、

Fredrik Hult、Ola Larsson

10. Secret Eyes

作词：Erykah　Rap 词：樱井翔　作曲：Gajin　编曲：岩田雅之

11. 超级感谢

作词：Erykan　作曲：Henrik Rongedal、Magnus Rougedal　编曲：岩田雅之

12. Carnival Night（2）

作词：久田保洋司　作曲：上野浩司　编曲：长冈成贡

13. 银色戒指

作词：山本成美　作曲：北川吟　编曲：若草惠

Bonus Track（意隐藏音轨。某些 CD 结尾处会收录一首 Bonus Track 曲目，或是在最后一首歌结束后、CD 并未播完时几分钟以后出现的曲目——译者注）

14. Love Parade

作词：仲山卯月　作曲：土井园、土岐建一　编曲：船山基纪

"岚"队员在 ORIKON 的采访中关于自己的主打歌曲这样讲道：

松本润——主打歌曲 *I Want Somebody*

我觉得 *I Want Somebody* 这首歌的歌词是不是写的要相信命运，而不是现实的内容？我认为这首歌的主人公是个追求幻想的男孩。他有很多幻想、梦想、妄想等等。如果真实的世界里有这样的男孩子，是会让人感觉有点怪的类型吧？（笑）

这首歌曲有八十年代摇滚音乐和那个时代的迈克尔·杰克逊的歌曲的风格。《颤栗者》（*Thriller*——美国流行音乐巨星迈克尔·杰克逊 1982 年推出的专辑并同名单曲名凭借此曲他一举奠定在音乐史上无可撼动的巨星地位——译者注）的 MTV 的场景最初是从与女孩子约会开始，然后世界越来越变大了，以至于进入到另外一个世界里面。*I Want Somebody* 也一样。有可能是因为画面上有跟女孩子走进小巷里的场景，所以我觉得跟《颤栗者》很像。

二宫和也——主打歌曲《奶糖歌》

我每次唱歌的时候只专注于曲子，往往不太清楚歌词。我认为这首歌的意思是把自己的心意告诉给喜欢的人，而且全力支持自己喜欢的人。我觉得歌曲中的两个人互相很信任。

我跟朋友交往的时候会有自己想避免的事情。不管对方是男孩还是女孩，我都不想跟他

《岚》7 月 5 日发售

首发版
CD(全 13 曲)+DVD
普通版
CD(全 14 曲)

们吵架，因为吵架后大家都会心情不好。我在人际关系上应该算是脾气很好的了。（笑）跟朋友交往的时候，无论是谁，对方做得不对的时候，我都会让给对方。因为如果真的不想在一起的话，我就不跟他交往了。我希望跟朋友在一起的时候过得有意思。如果碰上了发生争执的时候，我会对对方说："我不是想吵架才跟你在一起的，我想跟你在一起度过有意思的时光。"这样我就会让着对方。我觉得吵架的时间完全是浪费。

我不能做主角。无论是在"岚"的工作或其他工作上，还是跟朋友们在一起的时候，我都不能做主角。我很喜欢做配角。我彻彻底底地想做配角呢。

樱井翔——主打歌曲《超级感谢》

我认为《超级感谢》的主人公是个怀着满腔爱情的男孩子，给人一种很平和的感觉。像这首歌那样以肯定的眼光来看事物是很好的事情。我不知道这首歌的主人公和我像不像，但是我很赞同这首歌的意思。我想用这首歌将"爱"与"平和"这样的意思传达给听众。

歌词中有一句是这样的："互相敌视的老头，仔细看也有很好的地方。"这也就是人们常说的人至少有一处优点吧。这首歌的主人公非常善于发现别人的优点。

这首歌的场景设计放在日常的生活上，但实际上歌曲包含着很深刻的涵义。我认为这是具有"LOVE"与"PEACE"主题的歌曲，它的内容对现在社会和世界中的人们来说，应该是非常熟悉和容易理解的。

樱井翔还说，这首歌原来没有女孩子合唱那一部分，是后来特意加的。加了这个部分后，这首歌的风格发生了变化，更加突出了歌词里面"我向世界表达衷心感谢"这部分内容。借了合唱的力量，这首歌也更加好听了。

相叶雅纪——主打歌曲《秘密的眼睛》（*Secret Eyes*）

Secret Eyes 的内容是讲在聚会上认识的男孩子和女孩子商量着怎么从宴会上溜走。

由于两个人相互之间主要靠眼睛来交流，所以这

首歌的名字是《秘密的眼睛》。由于我要唱高音部，所以一开始的时候感觉有点不安，录好了以后发现这首歌真的非常棒。这首歌的作词是女孩子，所以我觉得这首歌的内容是不是表达了女孩子的愿望？反正我是这样理解的呢。（笑）

歌里唱到这两个人秘密商量从聚会上溜走。是这样的。很好啊！好羡慕呢。

有秘密就会很紧张，而我是完全没有秘密的人，我什么都会直接说出来。我对"岚"成员也没有什么瞒着的事情。而且如果在演唱会上把歌唱错了，根本就来不及隐瞒，直接就暴露了呢。（笑）我一定从小就是这样的，现在也是。我一直没有秘密，很透明。

大野智——主打歌曲 *Ready to Fly*

我觉得 *Ready to Fly* 里面的男孩子很好。我觉得在社会上要有更多这种人就好了。这个主人公非常肯定自己，而现在社会上很多人刻意地去迎合周围人的意见，根本没有自己，但是这个主人公会去贯彻自己的想法。

不过，我觉得这个人看起来似乎也没有那么顽强。怎么说呢，他其实并没有什么突出的特点，也就是个很一般的人吧。（笑）不过，我感觉这个人不太有依赖性，有时候这种看上去很一般的人有过很多的经历。这种人很重视人情，所以经常会鼓励别人，就像在这首歌里一样。

如果看到意志消沉的朋友，我肯定会考虑看有没有帮助他改善这种状况的可能。在这种情况下，如果只是说"没问题，不要放在心上吧"这样的话没有用，只能在表面上安慰一下朋友，所以我会自己仔细想想，然后提出建议说"这样做怎么样？"我一定要站在对方的立场上想出我个人的建议。我觉得最重要的是我自己应该设身处地站在对方的立场上考虑，跟他一起想出解决的方案。有没有向朋友请求提建议？有很多呢！（笑）

我们看看其他的采访内容：

相叶：我觉得每一首歌的风格都不一样，但是每一首都很完美。

ORIKON 杂志社：是不是已经明确了"岚"队员各自擅长的音乐形式？

松本：有可能吧。

櫻井：已经有了"松本形式"呢。

ORIKON 杂志社：*I Want Somebody* 是"松本形式"吗？（笑）

松本：哈哈哈哈……是八十年代美国摇滚音乐吧？我比较喜欢这种不顾嗓子拼命喊叫的音乐。我觉得这种假想意义中的世界很好。也许我是有点毛病？（笑）

櫻井："松本病"？

二宫：应该也有"櫻井病"吧？

櫻井：应该"发病"了吧？

ORIKON 杂志社：是这样啊，也就是说，"病"相当于每个人的演唱风格，对吧？另外，"病"还有风流的意思。我想问一下，"岚"的风流之处是什么？

松本：是温柔吧？（这样说着时他忍不住笑起来）

ORIKON 杂志社：（笑）为什么笑呢？

櫻井："温柔"？有点傻吧？

松本：这个"傻"是只在这里。（他一边这样说，一边指着相叶君。)

相叶：嘿嘿嘿……（害羞地笑）

ORIKON 杂志社：对了，以前的唱碟里有《温柔加上有点傻》吧？

相叶：对，我唱过的！

大野：温柔还要坚强。

二宫：队长也很坚强呢，尤其是最近。

ORIKON 杂志社：的确是这样。最近我看"G的岚"的时候，觉得你们更坚强了，因为我看你们的节目时会产生"为什么他们要在深夜里做这种事情呢"的感觉。

那么，在音乐方面也有千锤百炼的功夫了吧？

松本：应该是在前进吧。

樱井：我们的音乐的基本结构本来就很好，然后加进了我们的声音。现在，我们的声音应该是没有输给音乐了。这意味着我们的声音越来越精炼了吧？不过，我们还没有特别仔细地分析过呢。

ORIKON 杂志社：跟以前相比，你们对音乐的意识有什么变化吗？

相叶：现在觉得音乐超有意思……rap 比如 *Cool*

& *Soul* 很好玩。

ORIKON 杂志社： 樱井君的安排意图是什么？

樱井： 五个人中，大野君对 rap 应该说是最不熟悉的了，所以我特意安排他来唱最难的部分，这样效果反而好。我的笑声也出于这样的考虑。大野君努力地唱，我在旁边鼓励他，支持他，这样不是很好吗？

二宫： 说实话，这次录音中我几乎没有时间去享受这个过程的快乐，因为录音是在我在美国拍电影的时候开始的，所以我的时间非常紧张。要在很短的时间内赶上大家的速度，没有时间去享受呢。开演唱会的时候，我可以跟粉丝们一起享受这首歌，而在录音时只能注意自己的情绪。

樱井： 我印象最深刻的是唱 *Love Parade* 这首歌的情形。刚开始唱的时候，说实话我感觉不怎么样，但越接近主唱部分的时候心情越好，真不可思议。

松本： *Love Parade* 很好！让人情绪高涨，唱歌的时候有一种盛装游行要开始了的感觉……

唱 碟

《晴天的单车踏板》

2006 年 8 月 2 日首发

2006 年夏天的时候，全国公开上映由樱井君主演的电影《蜜蜂和三叶草》，电影试映结束时播放了《晴天的单车踏板》这首歌。组合成员中，樱井君第一个听到这首歌，其它成员后来也听了。他们对这首歌谈了这样的感想：

樱井："对！是真的！是原版的《晴天的单车踏板》吧！太厉害了。"（笑）"最开始是在后台工作人

员的电脑上找到这首歌的。"

二宫：后台工作人员的电脑上保留着已经制作好了的我们的唱碟，我们在听其中的歌曲的时候，发现了很多版本的《晴天的单车踏板》，比如菅止戈男先生（日本个性原创歌手——译者注）唱的《晴天的单车踏板》。

相叶：听完了以后，感觉很爽呢！

ORIKON 杂志社：如果大家先听"岚"的《晴天的单车踏板》的话，不会想到菅止戈男先生也唱过这首歌吧？（笑）

松本：我们这首歌采用的节奏就是菅止戈男先生的吧？我很喜欢菅止戈男先生！

樱井：松润很喜欢菅止戈男先生，对吧？

松本：对！非常喜欢！

ORIKON 杂志社：那么你们有机会唱他的歌曲感到很高兴吧？这首歌的独唱合唱部分划分得很清楚，这也是你们自己的创意吗？

樱井：我们在一起随便唱，唱完了就这样成型了。也可能工作人员取了我们唱得好的部分吧。

ORIKON 杂志社：我觉得这首歌独唱的顺序安

排得很不错。从二宫君柔美的声音开始，接下来樱井君的独唱部分变得很坚强，相叶君的声音很温柔，松本君是有点性感，最后由大野君的独唱回到标准状态。

大野： 就是这样的！

樱井： 您刚才说的这段话，编辑的时候请换成"大野说的"，好吗？（笑）

ORIKON 杂志社：（笑）二宫君唱的部分，尤其是用颤音唱的部分，听了以后觉得有点悲伤。

樱井： 就是那个部分吧？（试唱几句）

二宫： 如果唱颤音，谁都比不过我！

樱井： 如果以后还有什么颤音要唱，就找二宫君吧。

ORIKON 杂志社： 咱们准备谈到什么时候呢？（笑）

松本： 就这样结束就可以了吧。（笑）

《晴天的单车踏板》8 月 2 日发售

首发版 A 封面　首发版 B 封面　普通版封面

ORIKON 杂志社：你们听了电影最后播放的这首歌有什么样的感受？

相叶：非常好！这部电影是我们五个人一起去看的。我们五个人一起去看电影这件事很好玩，因为我们还从来没有一起去看过电影呢。

樱井：（指着相叶君说）是他先说"我想去看《蜜蜂与三叶草》，我们一起去看吧，好吗？"于是我们决定一起去看。我们一起去看电影，你觉得这件事有这么好吗？

相叶：非常好！（笑）

大野：今年上半年，我们经常看翔君。他的个人演唱会、舞台剧，还有电影。

ORIKON 杂志社：你为什么想五个人一起看呢？

相叶：因为一个人看不如很多人在一起看好玩。

樱井：没错！（笑）

松本：在试映会上我一直单独坐着一个人看呢。（笑）

相叶：我也是一个人看的。我想在最前面看，所以坐在最前排的中间。

樱井：相叶君一边说着"我坐在哪里呢？"一边

直接坐到了第一排正中间的位子。（笑）一排只坐一个人，感觉很奢侈呢。

ORIKON 杂志社：你们希望有机会在一起看吧？

相叶：对！对！是这样的。我觉得这样很好。

ORIKON 杂志社：回到刚才的话题，能谈谈你们听到电影里播放你们唱的歌的感想吗？

相叶：我在电影放映到最后的时候听到我们的歌曲时很吃惊。没想到是在最后播放我们的歌。看电影的时候我还一直在想会是在什么时候播放我们的歌呢？

松本：在最后出现介绍演员名字字幕的时候播放我们的歌，这我也没有想到。

相叶：哦！电影马上要结束了，要快点开始放我们的音乐呀，要不然来不及了，来不及了呢！

大野：当时我也开始有点着急了呢。

樱井：一开始我也很着急。

松本：放完 Spitz（日本歌手——译者注）的《魔法的语言》后才放我们的歌，这也让我有点着急呢。（笑）

ORIKON 杂志社：这两首歌连起来放挺好！

二宫：可在唱到真正重要的歌曲的最后部分时，已经没有画面了呢。

松本：只播放《魔法的语言》这首歌也很好，但我觉得在画面上打出歌词的感觉会更好。一边看歌词一边听歌曲，我觉得更好。

（载 *ORIKON* 2006 年 8 月 14 日号）

夏日回忆

2006 年夏季演唱会大事记 3×5

2006 年夏季"岚"的演唱会非常受欢迎，留下许多怀想，下面介绍这次夏季演唱会中"岚"成员的一些故事。

松本润

演唱会的内容反复地变更!

"这次演唱会的结构经过了反反复复的琢磨，每一次给人的印象都不一样，巡回演唱会开始以后还在不断地更新内容，是到现在为止我所经历过的演唱会

中变更最多的一次。对工作人员来说应该是最辛苦的一次了。这一点我在演唱会全部结束以后的宴会上向他们道过歉了。（苦笑）大家都非常感谢！"

同去年相比，看到了更多的人

"为什么我们一天要开三场演唱会？因为从去年开始，我们的观众更多了。2005 年参加过我们演唱会的人会再来参加，通过我们成员个人的活动而对'岚'有了兴趣的人也会来……我这次亲眼看到了观众不断增加的情况。观众的组成成分也丰富多了，有跟孩子一起来的母亲，有情侣还有一些团体等等。真的让人很高兴！"

我能感觉到会场上丰富的"感情"！

"……所以，应该说我们的演唱会一半是由观众们的力量做出来的。这种情况我很高兴，粉丝们也非常期待我们的演唱会。我这次在舞台上看到粉丝们的表现了，演唱会是我们同她们交流的场所。我想无论观众的人数会是多少，都一定要开演唱会。"

二宫和也

很感激能够举行演唱会

"我只要每年可以在观众面前开演唱会就很感激了，而且很开心。我的心情从开幕到结束都非常愉快，情绪高涨。我觉得观众的人数也每年都在增加，从台上能看到很多年轻人和男孩子，还有特意从国外来看演出的粉丝。我从舞台上看到他们写着字的牌子，觉得很有意思。"

一天都在新干线上！

"这次的巡回演唱会是到现在为止我们经历的持续时间最长的一次演唱会。演唱会在外地的时候也是当天就回东京，所以我们一天之内好几个小时都在新干线上呢……我们坐新干线首班车去外地，坐末班车回东京，有时候我都不知道自己当时是在哪里了。这次去亚洲做宣传活动的时候也是一天之内去好几个国家。今年的夏天就这样匆匆忙忙过去了。"

还没做好准备就仓促上台上了！

"仙台演唱会时有'大宫SK'的环节，当时'岚'其他成员叫我上去，我没办法推掉，还没做好准备就上了舞台。估计他们的目的是想让我起急。我本来要穿两件衣服的，但实在来不及，只穿一件就上台了。不过，'大宫SK'与服装没有太大关系。（苦笑）他们叫我上台的时间比平时要早，我当时还觉得奇怪，但是我和队长跟平时一样走上舞台，一点都没有着急。"（笑）

樱井翔
在演出结束时的宴会上感觉到了凝聚力！

"新潟公演结束后，我们在回去的车上跟大家一起喝酒。我们是第一次这样在演唱会结束后大家一起干杯。我们和演唱会的工作人员在新潟演出结束后还举行了宴会，我们一共有一百五十人呢。我能与平时没有机会说话的人说话，能借这个机会与第一次合作的工作人员聊天，很高兴。这次宴会让我感觉到了我们这个团体的凝聚力，这样的机会很宝贵。"

今年也给我很多感动！

"演唱会的观众里面有每年一定来我们演唱会的粉丝。跟他们的关系，我觉得已经有战友般的感觉。我从台上看到一个女孩子带着自己的小宝宝来看演唱，就想恭喜她。我们大家都非常高兴。父亲们带着孩子来看我们的演唱会，他们在观众席里展开上面写着'弹弹空气吉他吧！'字样的团扇，表达整个家庭都支持我们的心意。今年还有很多粉丝使我们非常感动。"

第一次演唱会开始的时候行了"起立"、"鞠躬"礼！

"当决定一天举办三场演唱会的时候，我就想到了要做一件事。第一场从上午九点开始，好像是在学校开始上课的感觉，所以开始的时候我们同观众一起做了'起立'、'鞠躬'。这种与观众的共同行动让人感觉非常好！当时的情景非常精彩！从早上开始的演唱会就充满了大家齐心协力的感觉。我们的表演充满活力。粉丝们给了我们这样的力量，我们有动

力了。"

相叶雅纪

听到了鬼的声音！

"我在这次演唱会的时候听到了不该听到的声音。估计是鬼的声音。我不应该说出来在哪里听到的吧？（笑）我是在演唱会上听到的呢！一开始我不知道那是什么声音。除了我以外，松润也听到了。不仅仅是声音，还有人看到了不应该看到的东西。但是还好，对演唱会没造成什么影响。"

我在演出期间比较注意自己的健康！

"我在这次演唱会期间非常注意自己的健康问题。"

"我在开演唱会的时候每天吃氨基酸。我不知道这种吃营养素片的办法管不管用，但是吃营养素行为本身让我感到满足。（笑）除了吃营养素以外，我还很注意在演出时喝的饮料。以前喝的都是运动饮料，现在改喝矿泉水了。我不自觉地就选矿泉水了，我的身体似乎要求矿泉水呢。出现了这样的变化。"

吃饭的次数多了！

"演唱会期间，我吃饭的次数增多了。吃饭的次数一多，饭量自然就增加了。一般来说，吃饭的次数多，每次的量少一点好些吧？演唱会期间，我一天吃四到五顿饭。一般吃外送的比较多。自己也觉得自己吃得多了。（笑）演出结束后觉得肚子饿，所以会吃夜宵。不过，我在舞台上动得比较多，体重应该不会增加。"

大野智

时隔四年后突然腿又抽筋了！

"在广岛演出的时候，我的腿抽筋了。我已经好久没有抽筋了，大概有四年了吧，所以自己当时也非常吃惊。有可能那天天气很热，出了很多汗，所以腿会抽筋吧。在跳舞的时候，我感觉到小腿和脚趾开始抽筋。发现后我担心抽筋会继续下去，所以将动作幅度放小了一点，很注意地跳舞。当我刚感觉抽筋已经停止时，马上就又开始了。就这样反复了好几次，一直到演唱会结束。这件事，我觉得很有意思，很可

笑。"（笑）

觉得很有意思的一天三场演出

"一天之内三场演出让我印象深刻。这件事情也过去大概有四年了吧。很意外我非常开心地做到了。还没开始时，想到会很辛苦，但第一场演唱会时，我情绪高涨。在演唱会中途，我想过：现在几点了？看表后发现还只是十一点，我当时感到很惊讶。但实际上，时间过得很快！也许因为演唱会是很开心的事情，所以感觉时间过得很快吧。"

今年夏天我们特别忙！

"我们在大阪演出三场后马上返回东京。在羽田机场待了一小时后乘坐小型飞机巡演亚洲三个国家。说实话那时候真的很辛苦，以至于没有记忆了！（笑）今年夏天真的特别忙，所以很多事情已经忘记了。（笑）但想不到的是对演唱会上的事情倒还记得很清楚。对我来说，在演唱会上跟观众交流是很开心的事情，所以我不会忘记的。"

泰国、台湾、韩国
"岚"海外巡回演唱会

2006年，"岚"举行了海外第一次演唱会。他们7月到台湾、泰国、韩国进行了名为"JET-STORM"的宣传活动。9月和11月又分别在台湾、韩国举行了演唱会。然后他们计划4月在东京"巨蛋"举行演唱会！下面具体看看我们的"岚"在这段时间活动的花絮吧！

2006年7月31日，在一天之内，"岚"全体成员乘坐小型专机到泰国、台湾和韩国进行巡回宣传活动。他们在泰国、台湾和韩国都举行了记者招待会。

这次活动取名"JET-STORM"。

这次活动的飞行距离竟然超过一万公里，总费用超过一亿日元，是一场规模相当大的宣传活动！

2006 年 9 月 16 和 17 日，"岚"举行了第一次海外巡回演唱会。

在台湾，大家看到了"亚洲的岚"。

在台湾开演唱会的时候，与 7 月做宣传活动时一样，有很多粉丝在机场热烈欢迎"岚"的到来。虽然这是"岚"第一次开海外演唱会，但当他们唱到 *A RA SHI* 和《晴天的单车踏板》时，在观众席上的粉丝们一起用日语与他们合唱。在这次演唱会上，"岚"让大家看到了"亚洲的岚"的实力。

2006 年 11 月 11 和 12 日，"岚"举行了第二次海外演唱会。在韩国，响彻着狂热的粉丝们"岚！岚！岚！"的喊声。在韩国，"岚"在两天之内聚集了大约一万两千名观众。粉丝们狂热地喊着每个"岚"成员的名字："相叶！"、"翔君！"……

就这样，杰尼斯事务所策划的首次"岚"韩国公演盛况空前，圆满成功了！

经历了这次成功的海外演唱会，2007 年 1 月 3

日，在日本粉丝们的强烈要求下，"岚"在东京 DOME 举行了凯旋归来纪念演出。在这次演唱会上，第一次演唱了松本主演的电影《花样男子》的主题歌 *Love so Sweet*。

另外，2007 年 4 月 21 日，"岚"又在大阪 DOME 作了一场名为"凯旋归来"的公演。在亚洲的演出成功引出了"岚"在大阪和东京两处 DOME 的演唱会。这是"岚"首次在两处 DOME 进行独立公演。

关于这次海外公演，"岚"的成员在 ORIKON 杂志对他们进行采访时，这样说：

ORIKO 杂志： 首先我想问一下，当回顾在台湾和韩国的演唱会时，你们每个人会有什么样的感受呢？

松本： 在台湾的演唱会，很多东西，包括舞台的大小，跟大阪和横滨的演唱会差不多吧。韩国的演唱会场地有点小。

大野： 在台湾时，开幕时的气氛应该算是很热烈吧？

松本： 不，不仅仅是开幕时，一直都非常热

烈呢。

二宫：因为演唱会的内容好。

ORIKON 杂志：在韩国的演唱会上，不停地有叫着你们名字的喊声。这让我感到很新鲜。

樱井：据说这个现象是韩国独有的。台湾跟日本比较相似，但我没想到在韩国时也每一首歌结束时欢声大起。

二宫：那真的很好！每一首歌的开始和结束都带出了观众的强烈反应，这件事给我留下了深刻的印象。

松本：在演唱中，*ARASHI* 刚结束，马上就开始了《樱花开》的前奏音乐，可大家的欢呼声太响了，我们根本听不清楚音乐了。我们面前放着很大的扬声器，但我们什么都听不见。这件事让我很吃惊。

大野：是呀。我觉得这次演唱会一刹那间就结束了。

樱井：观众也会这样想的吧？真的像一刹那间就结束了似的。演唱会很有气势，所以更有可能让人产生这样的感觉。

相叶：我真的被感动了。演出前我还有点不安，结束后有了"我开了演唱会真好"这样的感觉。

二宫：还有，观众的人数很多。尤其是"大宫SK"环节，他们从舞台的角落里出现的时候。

大野：对！对！有很多人，非常多，所以当我看到人的波浪时，有点晕了。

ORIKON 杂志：不要输给粉丝们的气势。你们怎么做的？

樱井：演唱会上能感觉到我们和粉丝们相互碰撞交融的力量，尤其是在韩国公演时。在台湾时是有团结感。

松本：在韩国公演时，从刚开始的序曲时起气氛就非常热烈。我们先是唱歌，间奏曲部分时大家又热烈起来，结束时气氛再次高涨。我觉得很开心，因为能感觉到他们非常支持我们的歌唱。

相叶：就像是在宴会上的感觉吧？

ORIKON 杂志：宴会？（笑）松本君在一层的观众席唱歌的时候，观众们一下子都聚到他那里去了。那个情景也很厉害吧？

松本：我的麦克风差点被人拿走了。（笑）他到底想做什么呢？

大野：*Tell Me What You Wanna Be*

樱井：真是的。（笑）

松本：他先是摸来摸去，然后摸到麦克了，最后是往下拉。大概是这样吧。（笑）在我旁边的工作人员一直预备了另外的麦克。现在想，那个时候虽然有那么多人在场，但是没有一个人受伤，真的很好。观众们虽然情绪热烈，但他们很了解我们想做的事情。

ORIKON 杂志：你们选择的歌曲是那首新推出的 *ARASHI* 和到现在为止你们最受欢迎的歌曲吧？

松本：好不容易到亚洲来开演唱会了，所以我们想把我们过去的活动内容传达给大家。当然也要包括"大宫 SK"呢。（笑）

二宫：当然了！是吧？很好的吧！

大野：……很好！

ORIKON 杂志：是你们提议的吗？

樱井：是一种默契吧。（笑）

二宫：但如果我们不清楚地说出我们想做什么，这事就不会实现的吧？（笑）

松本：插入的部分很难处理。唱歌之前会有两个人退场，他们返回时需要时间。

"岚"亚洲巡演凯旋归来纪念公演

2007 年 1 月 3 日横滨体育场

　　2006 年 9 月从台湾开始，"岚"进行了首次亚洲巡回演唱会 *ARASHI AROUND ASIA*。在亚洲国家和地区大获成功后，2007 年初他们在日本举行了凯旋归来公演。

　　"岚"在台湾和韩国的演唱会大受欢迎的情况，在日本被广泛报道给了日本的粉丝，"岚"在日本本土的演唱会于是也感染了充沛的活力。下面介绍一下"岚"在横滨公演的情况。

　　将会场挤得满满的粉丝们一直都在等着"岚"

从亚洲巡演归来后的这场演出。演出从舞台上巨大的屏幕映像播放开始。

与在亚洲其他国家的演出一样，"岚"的日本粉丝也从 ARASHI 这首歌开始融入演出现场。现场的气氛非常热烈，大家珍惜每一秒钟，似乎要将"岚"的歌曲全都吸进自己身体里去一样把所有的注意力都放在了舞台上。演出到最后时，大野君热情地唱着节奏舒缓的歌曲，松本君微笑地看着大野君，相叶君轻松地跳着舞。最后的歌词"for dream……"刚落地，就响起了热烈的欢呼声。台上的"岚"和台下的观众的感情融汇到一起。这种盛况一直持续到终场。

可以肯定地说，这次演唱会的组织结构非常完美，无论是一直支持着"岚"的老粉丝还是刚加入进来的新粉丝，都可以感受到这场演唱会的巨大震撼。

演唱会节目表

——Opening 屏幕映像

1. ARASHI

2. 樱花开

3. 赤脚的未来

4. Lucky Man

——屏幕映像

5. Cool & Soul

6. I Want Somebody

7. A Day in Our Life

8. 晴天的单车踏板

9. 秘密（二宫君）

10. 以前的 Summer（相叶君）

11. Top Secret（大野君）

12. La tommenta 2004

13. Carnival Night（2）

14. 绝对没问题

MC

15. 台风一代

16. Blue

17. Unti-Unti（樱井君）

18. Tell Me What You Wanna Be

19. a）武士

   b）Right Back to You

20. Pika ☆ Nchi

21. a）Sunrise 日本

   b）Eyes With Delight

   c）我只为你存在

   d）Pika ☆ Nchi Double

   e）比语言重要的东西

加演：

1. Hero

2. 加油歌

3. Wish

4. Love so Sweet

"让我们振作起来吧！"演唱会一开始，松本君这样喊道。粉丝们随着他的喊声，一起站起来。"岚"的五个成员开始唱《樱花开》、《赤脚的未来》，还有 *Lucky Man*，他们一边奋力唱着，一边响应着粉丝们的欢呼声。

随着播放的"岚"的代表歌曲 *ARASHI*，"岚"队员们不时从台上的队列中走到前台，近距离与观众交流。当 *Lucky Man* 中极富活力的 rap 部分奏响的时候，樱井君喊道："让我们更加热烈一些吧!"松本君也大喊："ye!"跟随着他们，观众席中爆发出巨大的欢呼声浪。

接下来是街舞风格的 *Cool & Soul*。五个人一起随着 rap 音乐跳动歌唱，舞台背景屏幕上滚动着歌词字幕和词作者的各种影像，让观众看到了一个很酷的"岚"。接下去是《晴天的单车踏板》、二宫君

的独唱《秘密》和相叶君的独唱《以前的 Summer》，曲风逐渐变得清纯起来。大野君还唱了 *Top Secret*。五个人交替使用主舞台、后舞台、吊车平台等所有类型场地，演唱了"岚"多首广受欢迎的保留曲目。唱完这些歌曲后，他们没有给观众任何喘息的时间，就又开始了 *La torumenta 2004* 的演唱。

唱完 *La torumenta* 2004 后，背景屏幕上出现了"岚"成员的各种图片和演出剧照，他们五个人一个接一个分别向观众介绍自己。这一项内容结束后，五个人开始继续唱歌。

唱了 *Carnival Night*（2）和《绝对没问题》两首让人心情愉快的歌曲以后，接下来是大家期待的 MC 时间。相叶君非常开心，他第一个发言："我可以先说吗？""我只收到过一张贺卡，是银行寄的。"看到观众对他这些话没什么反应，樱井君马上就说："你这话没什么

意思呢!"二宫君接着也说:"你这些话减弱了大家的热情,冷了会场的气氛,怎么办?"他们就这样你一言我一语,让观众在 MC 时间里有听相声一样的感觉,非常独特。然后,他们把这种气氛带到接下来的大野君和二宫君有点让人莫名其妙的节目"大宫 SK"中去。他们表演的节目是两人分别从舞台左右两边出来,走到舞台中间相互拥抱的新花样——"快跑连接 2007"。表演中,他俩不小心掉到舞台下面去了,演唱会的气氛反而因此更加欢乐起来。

接下去是相叶君的口技……现在,演唱会进入后半段了。樱井君的独唱 *Unti-Unti* 是 rap 节奏。松本君带着墨镜唱了 *Tell Me What You Wanna Be*,他一边唱一边移近观众席。观众们非常激动,马上围拢过来,聚集到他跟前。

观众激动的心情还没有稍稍平复,舞台上又唱起了日本风格的《武士》、*Right Back to You*。"岚"的歌唱让观众听得入了神,歌手们边唱边跳,穿着日本武士服装,带着佩剑。

接下来,他们演唱了"岚"的唱片专辑中的歌曲。这让现场观众更加激动起来。他们唱了《Sunrise

日本》、*Eyes with Delight*、《我只为你而存在》、*Pika
☆ Nchi Double*。演唱中，他们没有停留在舞台上，而
是不停地在整个会场上到处走动跳跃，更加吸引住了
观众。他们还绕着二楼观众席又唱又跳，标志着凯旋
的凤尾船也出场了，观众们为之倾倒。

这场演唱会向大家展示了"岚"的发展轨迹，
演唱会以"凯旋"冠名确实名副其实。

再次在舞台上聚集起来的五个人分别向观众们表
示感谢之情。

樱井君说："我们'岚'2006年出道第七周年时
可以去海外公演了。真的托你们的福。非常感谢支持
我们！"

大野君说："2007 年开始到现在，你们给了我们很大的力量，以后也请支持我们！"

相叶君："我很喜欢演唱会，希望 4 月在 DOME 的公演也会成功。（笑）我觉得今年肯定会是很好的一年。"

二宫君说："我在 2007 年开始的时候跟你们在一起，很高兴！"

松本君："现在给大家展示的就是七年来的'岚'，我们的发展速度并不是很快，但是我们一步一步走过来了。有你们的支持，才有现在的我们。我们以后也不会辜负大家的期待！"

然后，他们开始演唱饱含五个人感情的《感谢感激雨岚》，观众们也加入了他们的合唱。加演部分他们唱了 2 月份推出的 *Love so Sweet*。

下面介绍 ORIKON 杂志对"岚"的采访里涉及到的演唱会 MC 部分的某些花絮。

樱井：元旦时你们做什么呢？我们从元月二号开始进行演唱会排练。元旦你们做什么呢？听说相叶君去了亲戚家。

相叶：对对，不是亲戚，是到爷爷奶奶家拜年。爷爷称呼我"小雅"。

樱井：爷爷称呼你"小雅"？"纪"呢？（笑）

松本：不够"纪"。

相叶：爷爷对我说："小雅，你每次做的那个，今年也做一个给我看看。"

大家：每次做的哪个？

相叶：我自己还在想是什么事情呢？"爷爷，我不明白呢。"我说。爷爷说："是'爱爱故事'，我们一起做吧！"

樱井：是不是说"孙孙岚"？你爷爷真有意思。

相叶："孙子想听的那个故事是什么？"话题是这样开始的，然后亲戚们一起问说："怎么认识的？"

就是这样。

樱井：你做的吗？真的？

相叶：像真的一样。我都很不好意思呢！

松本：那个'爱爱故事'唱的内容是不像真的？可以问问别人的吧？如果真的要问爷爷当年谈恋爱的经验，有点不好意思吧？

相叶：是吗？如果我的话，会要他们接吻呢。

樱井：就这样，这次的演唱会是庆祝新年和凯旋纪念公演。我们去的泰国、韩国和台湾的粉丝们都给了我们很热烈的声援。很可惜泰国不能再去了。我想这些演唱会是创造一个机会给大家看看我们的成长。这应该是这些演唱会的目的。一天巡回三个国家，我不是因为这个自傲，但是我们真的是坐了小型私人飞机呢！

相叶：这种话说出来没关系，不是自傲。但是他的脸太邪气了。

松本：他的脸邪气？这话不太好吧？

樱井：对他的父母很不礼貌吧？

相叶：你们看他的眼睛，像色鬼！（笑）

樱井：真烦！我想给大家看看我们在载着我们一天巡回三个国家的"JET-STORM"飞机上的情况。

请！

（放映"岚"在"JET-STORM"上的录影和"大宫 SK"表演）

樱井：……真的对不起。我们一起道歉吧。

相叶：真的对不起，让你们担心了。

樱井：但是"大宫 SK"在亚洲是很受欢迎的。

相叶：有可能超过"岚"。

樱井：在台湾和韩国的时候，只演奏序曲就会产生很大的呼应。很厉害啊！开记者招待会的时候，粉丝的代表也一起参加。在最后一个提问时间粉丝代表问的是："在台湾演出'大宫SK'吗？"她问的不是五个人的事情。

松本：我们三个人没有权利说话呢。

樱井：我们三个人的心情一下子低落了。

相叶：还行吧。没关系，演唱会很成功嘛。

樱井：你真大方啊。我不想看这样大方的相叶君。（笑）

接下来是"岚"成员对凯旋公演中独唱部分的感想。

松本润的独唱歌曲 Tell Me What You Wanna Be

松本润：这首歌从去年夏天起就开始唱了，但为了拉近与观众的距离，我选了这首大家都比较熟悉的歌。

二宫和也的独唱歌曲《秘密》

二宫和也：因为《秘密》这首歌在听众中知名度最高，所以我选择了它。我很开心！

樱井翔的独唱歌曲 *Unti-Unti*

樱井翔：我这次特意改了演唱这首歌的时候的动作，这次的动作与 2006 年我的个人演唱会时的动作设计是一样的。希望那次没能到场的观众这次也能体验到当时的气氛。我个人很喜欢唱这首歌。

相叶雅纪的独唱歌曲《以前的 Summer》

相叶雅纪：我想我的心是跟观众们在一起的，所以选了这首歌曲。很开心！（笑）

大野智的独唱歌曲 *Top Seacret*

大野智：对我自己的独唱歌曲我没有什么特别的想法，只知道凯旋公演结束后，我想起自己的表演时还是很有精神。

上面是五个人的感想。

接下来介绍一下下一期的 ORIKON 杂志上的采访内容：

ORIKON 杂志：在凯旋公演上你们想传达给粉丝们什么信息？

大野：经历了七年到现在的"岚"。

相叶：还有报告一下在台湾和韩国演唱会的情况。

二宫：虽然演唱会的名称是"凯旋"，但日本的粉丝们也是第一次看这次演唱会。

松本：这次选择的歌曲本来是为台湾演唱会准备的，但放在韩国唱也可以，接下来在日本唱也顺理成章了。我们非常高兴这次机会让粉丝们看到了到现在为止我们所做的事情……

樱井：真的，全部活动都连接起来了，都圆满成功了。夏天的演唱会、亚洲的促销活动、亚洲演唱会、凯旋演唱会，接下来有 DOME 演唱会。我们积累的努力这次连成为一体，所以我很高兴。

ARASHI
"岚"

第四编

"岚"的广播、
电视节目和电影

电　影

《花样男子2》

松本润主演

主题歌 *Love so Sweet*

日本 TBS 电视台周五 22:00 开始播出，

3 月 16 日结束

《花样男子》从 2005 年 10 月开始播放，在关东地区的平均收视率达到了 19.7%，成为同年电视连续剧收视率排行榜第四名。接着又拍摄了内容更加丰富的《花样男子2》。《花样男子》这部连续剧非常受欢迎，它描写了一个性格非常开朗的女生和四个帅哥的恋情和梦想故事。

这部连续剧的第二部也非常受欢迎。TBS 二月二日播放第五集的时候，另外一家电视台播放了著名动画片《千与千寻》，收视率低于《花样男子》，原因是《花样男子》观众里二十岁到四十岁的男性占了大部分。

导演三城真一说："这部连戏剧本来是给中学生和他们的妈妈看的，没想到它受到了男性观众的普遍欢迎。"

《花样男子》是日本的"灰姑娘的故事"。家境贫穷的女主角杉菜（井上真央饰）进入到有钱人孩子上学的贵族学校，用她善良的天性和正义感来帮助别人。可是这所学校的贵族学生小集团"F4"不容杉菜这样做，想方设法欺负她。在这个过程中，"F4"头目道明寺（松本润饰）与杉菜的关系发展到了谈恋爱。在连续剧第一部里，道明寺决定去纽约之前，他和杉菜都认为他们的关系确定下来了。大约一年以后，杉菜因为与道明寺失去联系，决定去纽约找他。这样开始了第二部《回归》。

松本润在拍摄的时候说："我演道明寺是非常开心的事情。"他每天拍摄结束后回到家里也会想："今天又是非常开心的一天！"

"我很相信工作人员，所以毫无保留地发挥了自己最大的力量。我去年在出演第一部的时候学到了在拍摄的过程中把自己所有的能力发挥出来。"

道明寺的角色让作为演员的松本君成长了很多。

井上演的女主角也是受女性欢迎的主角。导演说："这部连续剧里面的角色都要有个性。"

松本润本人的风格是很帅，很大方，但他演活了很细心、有点傻的道明寺，演得很精彩。

"第二部第一集拍摄的时候我去了纽约。当时的时间安排很紧张呢，因为我到纽约两小时后就要开始拍摄了。那个故事里面应该要算道明寺是最适应环境的人物了，但是我却没有时间去适应环境呢。（苦笑）"

他在纽约第一次拍的场景是在马路边上的热狗站买东西，这时的台词加进了英文，所以松本君感觉出来"这里已经不是日本了"。

接下来的三天五夜里一直在拍摄，路过时代广场的时候，松本君体会到纽约的感觉就是每天太忙了。

道明寺从姐姐（松岛菜菜子饰）那里听到可以跟女主角住在一起的消息后高兴得跳到了床上！在镜头里松本君好像很过瘾似的跳到了床上，这个场面拍完以后他也经常在床上跳里跳去的。

在这里介绍一下第二部里道明寺几个著名的NG（错说台词——译者注）：

1. "关取之山受老大妈的步调的牵制"（第二集）

正确应为："关之山"，是"至多"的意思。但是他讲成了相扑的"关取之山"。

2. "我现正在上下台阶的阶段呢!"（第三集）

总二郎禁不住接着说："你不可以下去呢。"道明寺念错了台词还很高兴的样子。

3. "有能？不仅仅是昨天，我天天都有能呢!"
（第三集）

　　他听错了"订婚礼"和"有能"。他接下来还开玩笑地用英文说："You Know?"

4. "弟弟简直是有海带的心。"（第四集）

　　正确应为"跳蚤的心"（胆子小的意思）。马上就要高考的弟弟是道明寺的"新语"的受害者。

5. "我懂这个道理，但是我的 NBA 无法了解这件事情呢。"（第五集）

　　这里本来不是篮球的事情，而是"DNA"。他把

"遗传基因"DNA 错讲成了篮球的 NBA。

6."俗话说'大便要快做'吧!"（第六集）

听到这话弟弟问他："要着急去洗手间?"松本君说："你真下流!"

正确的台词应该是"好事要快做"。

7."那个女的没有气质!"（第七集）

"气质"这个词他用日文的训读念。他为什么这么喜欢用日文的训读念呢?

松本君说错台词时却常常使拍摄现场的气氛一下子轻松起来。

松润说："我一直很开心,大家马上就回到以前了。上次我跟（小栗）旬一起吃饭,他来看我的演唱会。我从道明寺的角度来看书的后二十集,感动得直哭呢。道明寺在最后结局时长成男子汉了。"

"大结局的关键场面发生在女主角的毕业典礼上,是剧中所有主要角色变成大人的那一刻。想让观众看到什么,这是关键。"

大家都知道，在故事里他们有着不同的身份、不同的背景经历、不同的社会责任，都面对着现实难题，但最后归于"爱是一切"这样的结局。

随着这次连续剧的结束，我们要告别松润饰演的道明寺了。不过，粉丝们很快就会在即将上映的《黄色的眼泪》和"岚"的 DOME 演唱会上再看到他了。

另外，这部《花样男子 2》的主题歌 *Love so Sweet* 也做成唱碟新推上市了。

在寒冷的冬天，这首歌给我们带来了温暖。首发限量版中还收录了"G 的岚"中的《加油歌》（首发限量版定价为 1200 日币，普通版 1050 日币，都已经上市了）。

电视连续剧

《拜启父亲大人》

二宫和也主演

日本富士电视台　周四 22:00 开始，

3 月 22 日结束

　　这部《拜启父亲大人》属于很久以前开始拍摄的由著名演员出演的《拜启》系列中的一部。

　　二宫君看上去很清爽的脸很适合饰演在日本餐厅里工作的厨师的角色。

　　故事是这样的：厨师一平（二宫和也饰）在神乐坂的老饭馆"坂下"里工作。当地因为要建高层公寓，"坂下"即将拆迁。"坂下"的女老板律子

（岸本加世子饰）决定在新建的这栋写字楼的第一层开一家新饭馆，名为"新坂下"，并打算雇一平做新饭馆的厨师。一平和坂下的女儿惠里（福田沙纪饰）相约圣诞节一起去听音乐会，但直美（黑木美伊沙饰）也邀请一平去音乐会，他于是失约惠里，还让时夫（横山裕饰）跟惠里一起去。

因为这事，女老板和惠里对一平很不满。过年的时候，"坂下"停业，员工聚会，因为建高层公寓的事和龙次（梅宫辰夫饰）辞职的事，众人有了矛盾。

那天，一平约直美元旦的时候一起去参拜七福神……

参加这部电视连续剧演出的有很多著名演员，包括八千草熏、高岛礼子、梅宫辰夫、高桥克美等等，还有关 Johnny8 的横山裕。

下面是 Wink up 杂志刊登的采访横山裕君和二宫君的情况。

横山：一平这样的人很辛苦，因为别人如果拜托他一件事，他是不会拒绝的。他是个很好的人。如果我身边有这种人，我会很高兴，还要马上对他说出来。

二宫：你对他说什么？

横山：这是我的愿望呢。

二宫：时夫君很好。很像横山君，所以很好演吧？

横山：很多人说他很像我，可我没有那么傻吧？

二宫：是这样的，你看上去是有点傻呼呼的。

横山：我的心情很复杂呢。我很高兴别人对我说我演得很好，但如果别人对我说这个角色跟我很像，我应该觉得高兴还是不高兴呢？我个人希望演一个很帅的角色，然后让大家说这个角色跟我很像，这样我才高兴呢。

二宫：不用这样吧。因为你从来没有演过很帅的角色。

横山：我以后需要演演帅哥。

二宫：你做不到的，放弃吧。

横山：我还没有演过，还不知道呢。

二宫：你拍了《新宿少年侦探队》以后，没有人邀请你演帅哥呢。这说明帅哥的形象跟你不相符。

横山：我自己想要演帅哥。

二宫：不用了吧。我也没有演过什么帅哥。

横山：当然了，你根本不会演呢。

二宫：为什么？我一直有点酷吧！

横山：我还是第一次听到这样的说法。

二宫：肯定不是第一次。

横山：你有没有期待以后会出现的场面呢？我有呢。

二宫：什么场面？

横山：打架的场面。

二宫：那个场面确实很精彩呢。

横山：而且好不容易时夫有很帅的一面给大家看。

二宫：我没有什么特别的。

横山：那一平和莫名其妙的女孩子的关系呢。

二宫：我对这个没什么期待呢。

横山：但是观众很期待呢。你们会发展到恋爱关系还是朋友关系？

二宫：已经发展到恋爱关系了吧？第一集的时候就已经一见钟情了呢。

横山：所以大家都很关心双方到底是怎么想的，还很关心以后你们也许可以各自再碰到什么什么人……

二宫：如果没有碰到，她就这样莫名其妙到结束了。反正我没怎么看重恋爱这部分内容。我演《温柔的时间》时也是这样的……他们说这部连续剧是表示父亲和孩子之间的矛盾和情感的，但是我却不太在意这一点呢。

横山：对二宫来说是这样，对吧？

二宫：对，我演拓郎的时候也是这样。对我来说，恋爱的场面我没什么感觉，更期待的是拍在饭馆厨房里

的场面呢。

再介绍一下 *POPORO* 杂志上报道的采访情况，这次采访高桥克实先生也特邀参加了。

二宫：我第一次跟高桥克实先生拍的连续剧是《危险的下课后》。当时我基本上没怎么说话，所以当时的情形已经记不清楚了……

高桥：那是在很久以前吧？还有涩谷君和加藤爱小姐也在呢……

二宫：然后我们又都参加了连续剧《热烈的中华饭店》的拍摄。我们拍摄的时候去了香港，对克实先生来说这是第一次去海外拍摄，所以有点紧张。我看了你紧张的样子，觉得很好玩呢。（笑）

高桥：导演对我说我们坐的是商务舱，所以进机舱的时候一定要脱鞋。我信了他的话，上机的时候真的脱了鞋呢。（笑）你把这个事告诉给了所有人……

二宫：因为很有意思嘛。高桥克实这个人有一种不可抗拒的逗乐力量。

横山：真的是这样。高桥先生在拍摄现场也经常逗人笑，让大家的心情很放松。我在电视综艺节目上看到的他和在实际中接触到的他的印象一模一样，所以我很高兴。

高桥：谢谢！我觉得横山君是个很细心的人。

横山：我本来很怕生人，尤其是这次一起工作的还有很多著名的演员。还好有二宫君。

二宫：我比横山君早两个月加入事务所的吧？

横山：当时我认为东京的 Jr. 是前辈，所以跟二宫君说话的时候还用敬语呢。（笑）

二宫：我曾经与横山君一起去涩谷的电影院看恐怖片《座头市》吧？对了，你上次说想看《硫磺岛来信》吧？我们一起去吧。

横山：不会去的吧？

二宫：绝对去！但是对横山君来说，《硫磺岛来信》的内容理解起来有点难吧？（笑）

高桥：每次与他们一起工作的时候，我就会注意到杰尼斯事务所的艺员们基础都很好，什么都会做，尤其是这次拍摄打架场面的时候。我真是服了你们了。

二宫：时夫非常生气，然后用脚踢饭馆的客人，是这个场面吧？

高桥：在排练的时候横山君已经做得很好了。他踢了好几次，动作都很漂亮。我很佩服。

我看着他漂亮的动作，问在旁边的二宫君会不会做？他说他不会……

二宫：杰尼斯事务所的演员不一定个个都踢得很漂亮。（笑）

二宫：上次拍摄的时候高桥先生说他很喜欢碧昂斯（碧昂斯·诺里斯，美国流行女歌手——译者注），他还模仿碧昂斯的演唱给我看。他模仿得真的很有意思……

横山：我想看啊！

高桥：如果有要求，我随时可以做呢。（笑）

二宫：横山君一直忙着演唱会，所以还没有机会实现这个心愿。我跟高桥先生一起吃饭，元旦横滨演唱会结束后我们在街上一起挽着胳膊走，去吃了东京烧饼。

高桥：你经常挽着我的胳膊，别人看到了会误会的呢……

"岚"+小仓智昭

电视综艺节目

"岚的作业"

日本电视台

每周一 11：55 – 0：26

这个节目由"岚"和小仓先生（小仓智昭）共同主持。每一期都将嘉宾们想知道的信息和观众的疑问等作为"作业"的内容征集起来，然后由"岚"和小仓对这个"作业"加以讨论。这就是"岚的作业"。比如嘉宾让观众列出印象深刻的河豚餐厅，再比如观众问"岚"和小仓"用于购买名牌的 100 日

元的分量是多少"等等。

这档每次都有点傻气、有点搞笑的"作业"将观众不知不觉引入到节目当中去。当然，节目之前播放的"G的岚！"里最受欢迎的生活小实验节目也保留了。在3月26日的节目里，主持人做了一口能将荞麦面、乌冬面和拉面各一根放进嘴里多长的试验。在节目里，"岚"和小仓先生都很放松，尤其是只有在这个节目里才能看到不加修饰的"岚"。像孩子一样开心地做着试验的"岚"让人感到更加亲切！

"岚的作业"中，二宫君表现出了自己独特的风格，给人落落大方、能考虑到现场气氛、很坦率的印象。我们注意到二宫君还有综艺节目天赋。电影《硫磺岛来信》让他在好莱坞崭露头角，使大家以为他日后发展的方向是演电影，而这次他在节目中的表现又让我们看到了他另一方面的天赋……

"请先别这么说。我善不善于做就先别说了，但我确实很喜欢综艺节目。我如果说相声的话，会选择捧哏呢。我不知道自己说的话会让人开心，但做'岚的作业'节目的时候我们五个人可以很长时间地说话，我很开心。

"我们在一起说着话，而且完全不知道话题的方向。我很喜欢这样的场面，我觉得这样很有意思。而且最近一段时间我们各自单独的活动越来越多起来，所以这个节目就成为"好不容易五个人在一起了"这样的场合了。跟'G 的岚！'比起来，这个节目有我们五个人一起加油的感觉吧？你也这样想吗？我很高兴。"（笑）

以上是二宫君的讲话。

接下来大野君这样讲了：

"'岚的作业'里面我觉得最好的是那档特别节目。那是有点傻的试验，是没有意义的'作业'，还有与贵宾的聊天等等，但我都非常满意。做试验时往往会有意外的发现，所以很有意思。比如那次'到底是几个球时会接连撞上'的试验，我很喜欢这种小题目的试验。另外还有试验食物的各种各样的吃法。小仓先生对我说：'你平时没什么吃好的，所以什么都能吃。'但是我真的到现在为止没觉得有什么东西是不好吃的。上次那一期中嘉宾同田秋子女士做'作业'的时候，介绍了'河豚的有趣吃法'，其中有河豚冰激淋，非常好吃，河豚的味道很重，工作人员和小仓先生都说不好吃，但是我觉得很不可思议呢！对我来说是很让人满意的小点心呢。我什么都能吃，但是不喜欢节目录制时吃的盒饭呢。"（笑）

接下来介绍一下松本君的讲话。

"'岚的作业'跟以前的'G的岚！'不一样，'岚的作业'演员中加入了小仓先生，每次还有贵宾登场等等，插入了很多新鲜内容。非常感谢小仓先生在每次的拍摄过程中充实我们的节目。

"上次节目中首次来了男性嘉宾，是井原（快彦）君和清木场俊介先生两个人。男性贵宾的到来一下子改变了节目的气氛，让节目带上了一点男孩的风格，这样很有意思。"（笑）

"以后也要经常来男性嘉宾，我很高兴呢。"

清澈的眼睛和紧绷的表情，使松本君显得更酷和性感。他越来越吸引观众了，他的魅力至少会延续到由他主演的 *Hanbi-No*！（*日本电视台出品*）四月份开播时。

接下来介绍一下樱井君的讲话。

"'G 的岚！'这个节目的参与者全是'岚'成员，现在这一次是我们第一次做邀请嘉宾参加的节目。节目的制作人员是同一个班子，我们认为是他们将我们发展提升到能做'岚的作业'的水平。只有在现在，我觉得我们才有能力完成这个节目，而在过去，我们的能力做不了。"

翔君现在担任日本电视台晚间新闻节目 *NEWS ZERO* 的报道员，负责周一的报导。翔君对社会新闻的兴趣越来越浓厚，他开始天天看报纸，现在已俨然成为老报道员了。

接下来介绍一下相叶雅纪君的讲话。

"'作业'这档节目中保留了'G 的岚'的风格。我很喜欢这种风格。有时候'作业'的内容很傻，但我很喜欢做这种'傻'的事情。（笑）我们每次都

很在意节目的内容，想带给观众们快乐。但是做综艺节目时机恰当很重要。这一点我觉得很难。比如拍电视连续剧的时候如果不满意可以重新拍一次，但是综艺节目就不行了。做综艺节目时需要爆发力和专注力呢。有时候我本人做得非常好，但在实际播出的时候工作人员却删掉了那个部分。有这样的情况……不过，我不太会在意呢。（笑)"

（以上是 *TVnavi* 杂志登载的采访内容。）

广播综艺节目

"'岚'·松本形式"

"二宫风暴"

"翔击"

"'岚'探秘"

"'岚'·相叶雅纪推荐"

二宫和也——"二宫风暴"

BAY FM 周日 22:00 – 22:30

在这里介绍一下在某次节目中二宫君与听众的一段对话：

"……那么接下来看关键词'眼线'吧。有一个听众质问说为什么我坐地铁的时候，一定要直视正坐在对面位置上的人的眼睛？二宫君没有过这样的经历

吧？STBY也没有这样的经历吧？因为个子很高，所以不会跟别人对上眼吧？"

不是的。我也经常会这样呢。不过，最近女孩子们没有向我打招呼了……今天白天也接到了采访的要求。工作结束后我从大厦出去的时候门口站着一个男孩，他拿着《恶童》的宣传册对我说："请给我签名。"是这样。对吧？（对，是这样，真让人吃惊。）最近是男孩子跟我打招呼的比较多。他说："我看了《琉璜岛来信》。挺好看的。"就是这样。看演唱会观众的类型也有变化了。（对！对！有变化!）这次有很多男孩子来看。（很多！）还有父母和子女。还有带自己的宝宝来看演唱会的呢。当然了！我们的年龄也越来越大了，观众也是一样吧。就这样。我是二宫和也。

樱井翔——"翔击"

FM FUJI 周六 17：30 - 18：00

翔君过年的时候跟朋友一起打游戏、排练演唱会、进行正式演出等等，非常忙。（笑）他在这次节目中谈到了刚刚结束的那场凯旋纪念公演中粉丝们令人感动的事情。

"我介绍一下最近的情况……我先说过年的事情吧。今年元旦那天我们杰尼斯事务所的成员们一起去朝拜寺庙，回到家已经是早上六点钟了。我睡醒的时候已经是下午三点了。我家里人都去了亲戚家，因为我二号开始有演唱会的排练，所以元旦的时候我一个人在家。我把一个朋友叫过来，和他一起在家里玩游戏机。游戏是我生日的时候二宫君送给我的 Wii。我们两个男孩一起一直拼命地玩，（笑）还一起讨论游戏技巧。到晚上玩得肩膀酸疼了，又叫来好几个朋友，到最后家里有十五个男孩子了呢。（笑）我们拼命地玩 Wii。然后元月二号开始演唱会排练，三号正式开演唱会。

"我的节日就这样结束了。"（笑）

松本润——"'岚'·松本形式"

NACK5 周六 10：20 – 10：50

在今年初的节目"'岚'·松本形式"上，今年是本命年的松润讲了自己 2007 年的目标。

"有人说 2007 年是 2 和 7 的年。2 加 7 是 9 吧？

9 意味着变化。所以今年是有变化的一年。我听了这些话后仔细想了一下，觉得还是说得很有道理的。我觉得今年会更加充实我自己独立的工作和'岚'的工作。我作为'岚'的成员之一要参加'岚'四月份在东京和大阪 DOME 开的演唱会。演唱会已经决定要唱电视连续剧《花样男子》主题歌 *Love so Sweet*"。

"这首歌还在作曲阶段时，我与工作人员一起讨论了很长时间。我先听了试作的曲子，说实话那个时候我还感觉曲子听上去不太协调，但反复听了以后觉得越来越好听。有可能这只是我自己的感觉。我觉得第一段歌词和第三段歌词的语感很相似。我感到这个歌的内容是描述道明寺和女主角的关系的，是与工作人员讨论了很长时间才决定的，所以更加喜欢这首歌。就是这样。我的 2007 年也会更加美好！当然我在"'岚'·松本形式"的工作也会更加努力！请继续支持我啊！"

大野智——"'岚'探秘"

FM 横滨　周一－周五 6：30－6：55

有一天大野君会挑战蹦极？这里，他还提到了跳伞的经验。

"请问大家一下，在大阪有'日本环球游乐园'，这个游乐园的简称是什么呢？

答案选择一是 USJ、二是 USA、三是 UFO。

正确答案是 USJ。3 月 9 日，'日本环球游乐园'新登场的过山车。这个过山车名'梦到好莱坞'，长度为 1300 米。这个过山车里安装了播放机，在邦·乔维的五首歌里挑一首自己喜欢的歌曲，一边听音乐，一边体味过山车的急速感。这在国内是首次。我很想去啊。我去过一次那里，是在游乐园开园的前一天，（笑）是在做一个节目的时候去的。因为游乐园还没有开园，过山车还没有启动，我才没有玩成呢。（笑）

那天有施瓦辛格的表演，但是我连这个表演都没有看到呢。我本来不喜欢坐

过山车。为了克服对过山车的恐惧，我在洛杉矶的游乐园里坐了过山车，后来就很喜欢了。（笑）还有，我很想玩蹦极!! 我曾经跳过伞。我原以为跳伞时身体浮起来的感觉会比过坐过山车强烈，可没想到根本就没有什么感觉，连降落的感觉都没有。真让我吃惊。我想试试看蹦极会怎么样。以后有机会我一定要试试!"

相叶雅纪——"'岚'·相叶雅纪推荐"

文化放送　周五24：00 – 24：30

为了在二月份举行的特别活动成功举行，"岚"队员们在广播节目上开了"公开企划会议"。

相叶君说："先介绍一下这个企划。企划名为'相叶君也要说英语！'。我有一次看了电视上播出的井川选手加入纽约洋基队的入团记者招待会。在招待会上，井川选手用英语讲话。他的英语说得并不流利，但是他的态度给因为不会说英语而有自卑感的人们带来了勇气。我在海外工作的经验很多，但是我的英语说得还不是很好。所以我这次用英语来讲这次企划，这样做怎么样呢？我以后经常也会有需要用英语进行交流的机会，所以现在做这种企划很好。还有一件让我吃惊的事情：太一君根本不会说英语呢。（笑）现在没有直播了吧？在做节目的时候，他不知道该怎么说英语的'快乐'这个词。查了词典才知道是 happy。哈哈哈……小学生都知道 happy 吧？

"接下来介绍下一个企划吧!……"

（以上是 2007 年 3 月份 *Wink Up* 杂志上的采访内容。）

电　影

《黄色的眼泪》

"岚"主演

犬童一心导演

　　由"岚"五个队员合演的电影《黄色的眼泪》今年春天上映。这部电影描述了二十世纪六十年代年轻人的梦想和现实，以及梦想和现实之间的纠纷。电影发生的昭和三十八年正好是日本高速发展的时代。由市川森一撰写脚本、犬童一心导演。他们合作完成了这个作品。

　　电影描述了四个有梦想的小艺术家的故事。这四个小艺术家（分别由二宫和也、相叶雅纪、大野智和樱井翔饰演）碰到一个勤劳的青年（由松本润饰演），他们互相提出了各自的烦恼和不安。

松本润说："我的角色跟其它四个人不一样，他们是追求梦想的年轻人，但是我的角色是六十年代没有就业问题时的人，跟我有点像。我感到不同的年代的年轻人有一样的烦恼和想法。"

二宫君说："我认为那个时代是日本最强盛的时代。我这次出演这部电影体验六十年代的生活，我有点感觉到现在的生活太方便了，有点没意思。那个时代的年轻人追求梦想，创意很丰富。我想这部电影想让大家认识以前日本的光辉的时代，让大家思考那时代好在哪里。另外，顺便说一下我的角色是一个年轻的漫画家。如果大家有时间，请看看我们的电影。"

接下来是二宫君：

　　"连续剧《拜启父亲大人》拍完了以后，马上就开始拍《硫磺岛来信》和我还要担任配音的电影《恶童》。还有我们的唱碟也推出了，所以我们要上音乐节目，还有 DOME 演唱会的排练。忙的时候是真忙呢。我都觉得不可思议！"

　　二宫君顺便评论了一下"二宫热"。

　　他出演《硫磺岛来信》以后，对他的评价一下子上升了。在这里介绍一下他在《日本电影导航》上接受采访时讲的话：

　　"我认为把握角色的立场并不难，基本上随着剧本，就自然会表现出剧本想表达的意思。但是这部电影的情景发生在昭和三十八年的日本。有很多人知道这个年代，所以到底怎么拍，工作人员的想法能达成一致是最难的事情吧？"

　　二宫君演的这个角色是故事的主角。主角是漫画家荣介。不论别人怎么对他说三道四，他都不管不顾，只是拼命地画漫画。他是这样的青年。

　　"我自己不熟悉六十年代的日本，所以拍电影的时候好像是在参观那个时代。我在演这个年代的人物时注意到了，这个年代的梦想只是说出来就好像已经实现了一样，就好像喝酒的时候的下酒小菜那样真实吧。我拍这部电影之前演了《硫磺岛来信》里的士兵，正好体验了两个不同人物的昭和年代。我认为战争时期没有六十年代那么坚强。这个年代是高度发展时期，所以人也是一样，他们都很坚强。对我来说这是很新鲜的事情。"

"岚"的其他成员也生气勃勃地扮演着自己的角色。导演犬童一心先生活用了每个人固有的特色。这部电影的原作是永岛慎二先生的漫画。导演看过一九七四年时改编成电视连续剧的作品，他很喜欢看那个连续剧。

作为演员受到很高的评价的二宫君这样说：

"我很高兴大家对我的评价，但是不要一喜一

忧，我要努力下去。"

"说实话做演员很辛苦，从早到晚一直要拍摄。（笑）但是以前合作过的导演再次邀请我拍电影时，我感到很高兴。所以我每时每刻都要努力。不过，我很少接到新的邀请。"（笑）

他还接着讲到了他本人没有追求梦想的体验：

"对我来说梦想和目标并不重要。我的生活很简单。如果每天要发掘新想法，会很辛苦。早上起床、工作、吃饭、睡觉，我就是这样，每天很简单呢。"

参考引用文献一览

《明星》2007 年 1 月号附录

《POPORO》2005 年 12 月号　2006 年 5 月号

　　　　　11 月号　2007 年 1 月号　4 月号

《ORIKON》2006 年 8 月 14 日号

　　　　　2007 年 2 月 5 日号

《Wink Up》2007 年 3 月号

《TV 导航》2007 年 4 月号

《日经娱乐圈!》2007 年 4 月号

《TV fan》2007 年 2 月 27 日 ~ 3 月 31 日号

《日本电影导航》2007 年春号

图书在版编目(CIP)数据

"岚"组合最新档案/(日)台风男子著;(日)善野译．
－北京:华夏出版社,2008.9
(组合传奇)
ISBN 978－7－5080－4783－6

Ⅰ.岚… Ⅱ.①台… ②善… Ⅲ.流行歌曲－演员－生平事
迹－日本－现代 Ⅳ.K833.135.76

中国版本图书馆 CIP 数据核字(2008)第 146602 号

出版发行:华夏出版社
　　(北京市东直门外香河园北里 4 号　邮编:100028)
经　销:新华书店
印　刷:北京圣瑞伦印刷厂
装　订:三河市李旗庄少明装订厂
版　次:2008 年 9 月北京第 1 版
　　　　2008 年 9 月北京第 1 次印刷
开　本:850×1168　1/32 开
印　张:7.25
字　数:107 千字
插　页:4
定　价:20.00 元

本版图书凡印刷、装订错误,可及时向我社发行部调换